Katharina – Blaugelbe Träume

Mein besonderer Dank gilt Denise Fritsch.
Ohne sie wäre der Roman nicht entstanden.

ACHIM WIEDERRECHT

Katharina

Blaugelbe Träume

Roman

Bibliografische Informationen der Deutschen Nationalbiblio-

thek

Die Deutsche Nationalbibliothek verzeichnet diese Publikation in
der Deutschen Nationalbibliografie; detaillierte bibliografische
Daten sind im Internet über http//dnb.dnb.d. abrufbar.

1.Auflage 2020

Copyrigth © Achim Wiederrecht

Covergestaltung © Manuela Rölke / Ellas Covereck

Bildquelle: © Achim Wiederrecht

Autorenfoto: © Lisa Landau

Satz: Ina Glahe – coverdesign-ina-glahe.de

Herstellung und Verlag: BoD – Books on Demand

ISBN 978-3-7528-6112-9

Dieses Buch ist auch als E-Book erhältlich

Dienstag, 24. April

1

Auch am heutigen Morgen führte sie der Weg vom Kiosk hinunter zum Strand in der *Källviken* Bucht. Die letzten Schneereste zerflossen in der milden Frühlingssonne. Vom sandigen, aufgeweichten Weg führte ein kleiner Hang hinunter zu der großen Wiese, deren sattes Grün im Sommer einen schönen Kontrast zum hellblauen Meer bilden würde. Jetzt lagen die kurzen, grauen Halme wie festgeklebt im schmutzigen, nassen Erdreich. Gemächlich rollten die sanften Wellen über den Strand zurück ins Meer.

Mit den Schuhen in der Hand ging Katharina barfuß durch den feuchten Sand hinüber zu den kleinen Felsen. Sie setzte sich und schaute hinaus in die Weiten der Stockholmer Schären. Der Blick über das Wasser gab ihr das Gefühl, die Welt vergesse für einen Augenblick sich zu drehen. Eine wohltuende, angenehme Ruhe verströmte sich in ihrem Körper.

Sie dachte nur noch gelegentlich an Zuhause. Hier auf der kleinen Schäreninsel Grinda lebte sie bereits seit acht Monaten. Umgeben von Menschen, die ihr Tag für Tag vertrauter wurden. Ihre Freundin Birgitta bemühte sich, ihr das Leben erfreulich und positiv zu gestalten. Sie zahlte ihr ein festes Gehalt in der Zeit, wo der Kiosk geöffnet hatte, zeigte ihr Stockholm und fuhr mit ihr auf ihrem Boot durch die Schärenwelt. Katharina gefiel die Arbeit und sie genoss den Kontakt mit den freundlichen Gästen. Während der Woche las sie viel, überwiegend Schweden-Krimis von Camilla Läckberg und Liza Marklund. Dadurch wurde ihr die neue schwedische Heimat noch vertrauter.

Dann gab es da noch Erik, Birgittas Bruder. Aus der schwärmerischen Jugendliebe war in den vergangenen Monaten die erste große Liebe ihres Lebens erwachsen. Dies galt für beide. Auch wenn er durch seinen Beruf sehr oft in Europa unterwegs war, waren die Tage, die er auf der Insel mit ihr verbrachte, gefühlvoll, romantisch und von träumerischen Gedanken an eine gemeinsame Zukunft geprägt. Sobald sie an ihn dachte, schlug ihr Herz schneller. Schloss sie die Augen, spürte sie, wie seine Hände sich zärtlich über ihre Haut bewegten.

Der Signalton der einlaufenden Fähre ließ sie einen kurzen Blick auf ihre Uhr werfen. Elf Uhr. Jetzt musste sie rasch zurück. Birgitta wollte mit ihr besprechen, welche Waren sie in Stockholm noch zu besorgen hatten. Am ersten Mai startete die neue Saison, der Kiosk würde die gesamte Woche über geöffnet sein.

Katharina erhob sich, ging zurück zur Wiese, befreite ihr nackten Füße vom nassen Sand und zog sich die Schuhe wieder an. Dann breitete sie die Arme aus, schaute zum sich allmählich öffnenden Wolkenhimmel, lächelte. Ihr täglicher Gruß hinauf zu Maria.

2

Nur wenige Touristen waren mit der ersten Fähre auf der Insel angekommen. Einige fragten Katharina nach dem Weg zum Hafen oder zum *Grinda Wärdshus*. Sie beschrieb ihnen den jeweiligen Weg und kam dann selbst an diesem beliebten Lokal vorbei. Es lag auf einer Anhöhe, erreichbar über eine steile Treppe mit beidseitigem weißen Geländer. Für heute Abend hatte Katharina einen Tisch bestellt, um mit Erik nach dessen Rückkehr von einem Turnier fein essen zu gehen. Sie freute sich besonders auf die romantischen Stunden danach. Beim Gedanken daran lächelte sie in sich hinein.

Von Weitem schon sah sie Birgitta auf der Terrasse ihres kleinen, roten Schwedenhäuschen sitzen. Erbaut in den 1940er Jahren, stand es oberhalb eines kleinen Hanges, umgeben von Sträuchern und im Sommer von einer bunt blühenden Blumenwiese. Der Weg hinauf war freigemäht.

Während Katharina die drei Stufen zur Terrasse hinaufging, winkten die beiden Frauen sich zu. Auf dem Tisch standen eine Kanne und zwei Becher. Eine warme Tasse Tee konnte Katharina jetzt gebrauchen. Birgitta hatte sich zum Schutz vor der Kälte eine dicke Wolldecke über die Beine gelegt. Bevor Katharina sich zu ihr setzte, fiel ihr Blick auf das Außenthermometer. Zehn Grad. Birgitta hatte die beiden Becher schon mit Tee gefüllt.

»Rooibos, den trinkst du doch so gerne.«

»Und ob, danke.« Katharina nahm einen Schluck. »Wohltuend heiß.«

Danach entschuldigte sie sich für ihre Verspätung. »Aber diese morgendliche Ruhe in der Bucht ist einfach herrlich!«

»Kein Problem«, nahm Birgitta die Entschuldigung an. »Leg dir auch eine Decke über, dann können wir loslegen.«

»Ich sehe schon, das wird eine lange Einkaufsliste«, lachte Katharina, als sie die vielen leeren Blätter auf dem Tisch liegen sah.

»Die wollen alle vollgeschrieben werden, lass uns anfangen«, drängte Birgitta.

In den nächsten zwei Stunden füllten sich die Bögen mit Waren, die sie für den Kiosk und das Café in den nächsten Wochen benötigten. Schließlich war alles notiert, die Kanne Tee geleert.

»Fertig.« Birgitta legte den Stift beiseite und schaute Katharina fragend an.

»Jetzt hast du noch genügend Zeit, dich für Erik schick zu machen. Wann wollte er denn zurück sein?«

»Gegen 16 Uhr.« Katharina schaute auf die Uhr. »Noch vier Stunden.«

»Genieße den Abend mit ihm. Ich bewundere dich immer wieder, wie du das aushältst. Fast zwei Wochen weg und dann nur ein paar Tage hier. Und in den nächsten Monaten ist er wieder auf verschiedenen Turnieren in Europa unterwegs.«

Birgitta sprach ein Thema an, das Katharina sehr bedrückte.

»Mir gefällt das auch nicht. Jede Minute ist kostbar. Ich werde noch einmal mit ihm darüber sprechen, ob er nicht doch vieles hier von seinem Büro aus erledigen kann.«

»Glaubst du, du bist, bis wir nach Stockholm fahren, wieder aus deinem Liebesrausch erwacht?« Birgitta lachte und umarmte Katharina. »Und morgen räumen wir noch ein bisschen im Kiosk auf.

»Kein Problem«, lachte diese zurück und ging hinüber in ihr Häuschen. Dies stand keine hundert Meter entfernt. Seit sechs Monaten bewohnte sie es zusammen mit Erik.

Wenn er mal da war.

3

Erik war pünktlich mit der Nachmittagsfähre auf Grinda angekommen. Schon zwei Stunden später saßen sie bei Kerzenschein im Restaurant. Beide bestellten Steinbutt und Rotwein. Erik erzählte von der Zeit in Bastad und dass alles problemlos gelaufen sei.

»Meine Chefs waren zufrieden. Jetzt geht es zu ein paar kleineren Turnieren in Frankreich und dann zum Turnier in Paris.«

Katharina freute sich über seinen beruflichen Erfolg, dennoch stellte sie sich die gemeinsame Zukunft anders vor. Dass er nun von Frankreich erzählte, war für sie das Stichwort, mit ihm wieder einmal über seine häufige Abwesenheit zu reden.

»Gibt es denn gar keine Möglichkeiten, deine Auslandsreisen zu reduzieren?«, fragte sie vorsichtig und schaute ihn beinahe ängstlich an. Sie hatte heftiges Herzklopfen und wollte auch nicht die Stimmung verderben.

»Ach Liebling«, stöhnte Erik und man merkte ihm seinen Unmut an, wieder einmal über dieses Thema reden zu müssen.

Katharina ließ sich jedoch nicht davon abhalten.

»Ich würde aber jetzt gerne darüber sprechen. Manchmal meldest du dich die ganze Woche nicht. Kannst du nicht mehr von deinem Büro aus erledigen?«

Er legte Messer und Gabel aus der Hand. Hatte sie ihn jetzt doch verärgert? Seine ernste Miene deutete darauf hin.

Doch dann kam ein leichtes Lächeln über seine Lippen. Katharina war erleichtert.

»Ich weiß, wie schwer das für dich ist. Aber dieser Zustand wird noch einige Jahre dauern, bis ich vielleicht einmal als Turnierdirektor in Bastad oder Stockholm arbeiten kann. Dann hätte die Reiserei ein Ende.«

Katharina schloss kurz ihre Augen, als träumte sie bereits von dieser Zeit.

»Ich werde mich weiter in Geduld üben mit der Hoffnung, dass unsere Liebe die Zeit übersteht.«

Der Gedanke, dass sie sich auseinanderleben könnten, ließ sie frösteln.

Eriks Hand streichelte sanft über ihre Wange.

»Mach dir keine Sorgen. Lass uns das gute Essen genießen und«, setzte er augenzwinkernd hinzu, »dann hoffe ich auf eine *besondere* Nachspeise?«

Katharina sah ihn lächelnd an. Er sollte ein *besonders süßes* Dessert bekommen.

Nach einem ausgiebigen Rundgang, Arm in Arm, durch die nächtliche Frühlingsluft, begleitet vom Licht der matt leuchtenden Laternen, standen sie sich im dunklen Schlafzimmer gegenüber. Erhitzt von dem Spaziergang und den Gedanken an die kommenden Stunden fielen sie sich in die Arme. Während ihre Lippen sich trafen, schloss Katharina ihre Augen und schmieg sich eng an seinen Körper. Sie wollte ihm zeigen, wie sehr sie ihn vermisst hatte und spürte, wie sich sein Körper entspannte. Ihrer beiden Lippen öffneten sich und die Zungenspitzen kreisten umeinander. Sie begannen, sich die Kleider von ihren verschwitzten Leibern zu zerren und noch bevor sie das Bett erreichten, waren sie nackt und bereit, sich in Begierde und Leidenschaft zu vereinen.

Mittwoch, 25. April

Katharina erwachte zuerst. Sie schaute zu Erik und wünschte sich erneut, sie könnte jeden Morgen neben ihm aufwachen. Vorsichtig setzte sie sich auf, doch da öffnete auch Erik, noch schlaftrunken, die Augen. Sie drehte sich zu ihm hin, küsste ihn zärtlich auf die Stirn.

»Danke für die sehr schöne Nacht«, sagte sie zwischen zwei Küssen. »Sie hat mich etwas entschädigt für die Zeit, in der ich auf dich warten muss.«

»Nun fang nicht schon wieder damit an. Du wusstest, auf was du dich einlässt.«

Habe ich ihn verärgert?

Doch Erik lächelte nur und ließ seine Hand über ihren Körper gleiten. Sie liebte das. Trotzdem stoppte sie seine Hand.

»Jetzt muss ich duschen und außerdem habe ich Hunger.«

»Dann komm her«, forderte Erik sie auf. »Ich weiß, wie ich deinen Hunger stillen kann.«

Katharina lachte. »Den meine ich diesmal nicht. Dazu ist keine Zeit mehr. Birgitta will nachher den Kiosk mit mir umräumen.«

»Okay, dann nichts wie raus«, forderte Erik sie auf und schob sie aus dem Bett. »Bevor du jedoch gehst, muss ich dir noch etwas sagen.«

Katharina, schon auf dem Weg zur Dusche, blieb stehen. »Raus damit.«

Erik machte den Eindruck, als müsse er sich genau überlegen, was er sagte.

»Es tut mir leid. Ich muss nachher gleich wieder weg. Ein Turnier in Hamburg vorbereiten.«

Katharina lehnte sich an die Wand. Sie brauchte einen Halt.

Habe ich tatsächlich verstanden, dass er mich schon wieder allein lassen will?

»Warum hast du mir das nicht bereits gestern Abend gesagt? Warst du zu feige dazu?«

Katharina war genervt von dem andauernden Hin und Her.

Erik stand auf, kam zu ihr, nahm sie an der Hand.

»Ich wollte uns den Abend nicht verderben.«

»Hauptsache du hattest für eine Nacht deinen Spaß«, spottete Katharina

»Du doch auch.«

Erik wollte sie an den Händen zu sich ziehen, aber Katharina schlug sie weg und blieb stehen.

Er schaute resignierend zu ihr hin. »Es tut mir leid. Aber was soll ich tun? Es ist mein Job!«

»Dann muss es wohl so sein.« Sie drehte sich um und ging ins Bad.

Katharina war enttäuscht, mehr noch, sie war empört. In der Dusche vermischten sich Tränen und Wasser miteinander. Zum Frühstück genügten ihr eine Tasse Kaffee und ein paar Bissen in ein trockenes Brötchen. Sie wollte nur raus zu Birgitta in den Kiosk und sich mit der Arbeit ablenken.

Birgitta hatte mit den Aufräumarbeiten bereits begonnen, als Katharina zu ihr kam.

»Sag mir, was ich zu tun habe!«, forderte sie Birgitta auf und seufzte.

»Sortiere das Regal mit der Kleidung noch einmal.«

Doch als sie in Katharinas verquollene Augen blickte, ahnte sie, dass diese keine Arbeit, sondern jemanden zum Reden brauchte.

»Was ist passiert?« Sie ging zu ihr hin, nahm sie in den Arm und streichelte ihr beruhigend mit der Hand über den Rücken.

Bevor Katharina antworten konnte, öffnete sich die Tür und Erik schaute herein.

»Ich fahre jetzt.« Niemand reagierte darauf.

»Dann eben nicht«, murmelte er trotzig, schloss die Tür geräuschvoll und ging hinunter zur Fähre.

Birgitta brauchte keine Antwort mehr von der weinenden Katharina.

»Ich verstehe. Er muss schon wieder weg.«

Katharina nickte und war froh, dass sie nichts erklären musste. Sie löste sich aus Birgittas Umarmung, wischte sich die Tränen ab und ging hinüber zum Regal.

4

Auf diesen Tag hatte Peter Dreyer lange warten müssen: Endlich stand ein Umzugswagen aus Frankfurt vor seinem Haus. Soeben schleppten zwei Männer einen großen Tisch hinauf in seine Wohnung. Ein Dritter folgte ihnen mit zwei Stühlen. Peter hatte eine Stube ausgeräumt, damit sich Anja mit ihren wenigen Möbeln ein eigenes Zimmer einrichten konnte.

Nach einer Stunde war alles ausgeladen. Die Männer fuhren zurück nach Frankfurt, Anja blieb. Ein schöner Moment für Peter, von dem er vor ein paar Monaten nicht einmal zu träumen gewagt hatte.

Das erste Wiedersehen nach über 20 Jahren war alles andere als erfreulich gewesen. Sie hatte ihm gestanden, dass er einen Sohn mit ihr hatte und dieser Rache wollte, weil Peter sich nie um seine Mutter und ihn gekümmert habe. Doch gemeinsam hatten sie die Hindernisse überwunden und wieder zusammen gefunden.

»Ich bin so froh, dass du den Sprung zu mir riskiert hast.« Er trat auf Anja zu, sah ihr glückliches Gesicht und gab ihr einen Kuss. Danach nahm er sie bei der Hand und sie gingen ins

Wohnzimmer. Während Peter sich setzte, holte sie in der Küche etwas zu trinken. Als sie zurückkam, sah sie seinen gedankenverlorenen Blick. Besorgt setzte sie sich zu ihm.

»Was ist los? Bereust du es schon, dass ich bei dir einziehe?«

Jetzt erst schaute Peter sie an. Ihre Frage hatte ihn in die Wirklichkeit zurückgebracht.

»Um Gottes willen, nein. Ich bin glücklich!«

»Warum schaust du dann so bedrückt und teilnahmslos?«

Statt eine Antwort zu geben, griff er in die Innentasche seiner Jacke.

»Ich musste gerade daran denken: Katharina hat sich gemeldet. Mit einer nichtssagenden Karte. *Alles in Ordnung, mach dir keine Sorgen.*«

Verzweifelt klangen seine nächsten Worte. »Warum schreibt sie nichts Persönliches? Es interessiert mich doch, immerhin ist sie meine Tochter.«

Anja streichelte tröstend über sein Haar.

»Warum überraschst du sie nicht mit einem Besuch? Dann siehst du, wie es ihr geht, was sie macht und du erfährst, was sie plant.«

Erstaunt sah Peter sie an. »Darüber sollte ich wirklich nachdenken.«

Sie küssten sich und Anja überraschte ihn ein zweites Mal.

»Was hältst du davon, wenn wir heute Abend essen gehen? Dann können wir über deine Reise zu Katharina sprechen und ich erzähle dir mehr über meinen letzten Besuch bei Daniel. Er leidet sehr unter den Haftbedingungen. Ich glaube, dass er dabei ist, seine Tat zu bereuen.«

»Eine sehr gute Idee. Bis dahin gehe ich noch ein bisschen arbeiten und du räumst deine Sachen ein.«

»So machen wir es.«

Anja war froh, dass Peter wieder mehr Freude ausstrahlte. Sie verstand jedoch auch seine Sorgen. Ihr ging es mit Daniel nicht anders.

5

Am Abend war der Kiosk endlich fertig aufgeräumt, sodass für die noch einzukaufenden
Waren genug Platz war. Als sie den Laden verließen, seufzte Katharina, als ihr Blick hinüber
zu ihrem Haus fiel.

Wieder mal allein in diesem alten, dunklen Haus,
und dann, zu Birgitta gewandt: »Ich habe mir
das anders vorgestellt.«

»Komm mit zu mir«, forderte Birgitta sie auf,
während sie die Tür abschloss. »Dann können
wir reden.«

Katharina freute sich über die Einladung.
Gemeinsam machten sie sich einen Salat,
schnitten ein langes Baguette in kleine Stücke
und gönnten sich dazu eine Flasche Rotwein.

Katharina unterbrach das Schweigen.

»Heute Morgen, nach dem Aufwachen, war
ich sehr glücklich. Nachdem er mir dann plötzlich sagte, er müsse schon wieder weg, hat mich
das verärgert und enttäuscht.«

»Du bist dir aber schon im Klaren, auf was
du dich bei Erik einlässt? Tennis war schon
immer seine Leidenschaft. Seinen bestens be-
zahlten Job gibt er nicht auf.«

»Das weiß ich. Aber ich liebe ihn und würde viel lieber mehr mit ihm zusammen sein.«

»Du wirst immer wieder allein zurückbleiben. Hast du Angst, dass er Affären hat? Früher hatte er seine Abenteuer, schließlich betreut er hauptsächlich Damenturniere. Das war aber nie etwas Festes. Du bist diejenige, mit der er am längsten zusammen ist.«

Katharina ahnte, dass an der Aussage von Birgitta etwas Wahres dran ist. Trotzdem ärgerte sie sich darüber.

»Willst du damit sagen, dass ich damit rechnen muss, dass er mich auch irgendwann betrügt?«

Katharina hatte lauter gesprochen, als es ihre Absicht war.

»Natürlich nicht. Warum regst du dich so auf?«, versuchte sie Katharina zu besänftigen.

Katharina hatte sich allerdings noch nicht beruhigt. »Entweder du sagst mir, wenn du etwas weißt, oder du lässt deine Andeutungen«, fuhr sie ihre Freundin an.

»Ich will nichts andeuten und ich weiß auch nichts. Aber es ist doch besser, wir reden ehrlich darüber. Schließlich sind wir Freundinnen.«

»Du hast ja recht.«

Nach und nach entspannte Katharina sich wieder. Je länger sie miteinander sprachen, umso mehr wurde ihr klar, dass Birgitta ein ehrliches Bild von Erik vermitteln wollte.

Der anstrengende Tag und der Wein hatten beide müde gemacht. Die Flasche war fast ausgetrunken.

»Es war schön, mit dir reden zu können«, bedankte sie sich bei Birgitta.

»Gerne. Morgen um zehn fahren wir nach Stockholm und machen uns zwei schöne Tage.« Sie grinste.

»Dabei denken wir mal nicht an Männer.«

Gegenseitig wünschten sie sich eine gute Nacht. Katharina war sich sicher, nur schwer in den Schlaf zu finden.

Donnerstag, 26. April

6

Während Birgitta ihr Boot zuverlässig in den *Strömkajen* steuerte, stand Katharina am Bug und genoss den Blick auf die sich nahende Stadt. Direkt vor ihr blickte sie auf die unter Denkmalschutz stehende königliche Oper. Sie war beim zweiten Aufbau in neoklassizistischem Stil erbaut worden. Ihr fiel auf, dass die helle Dolomit-Marmor Außenfront der des gegenüberliegenden königlichen Schlosses angepasst war. Dies erreichte man über die *Norrbro*, vorbei am schwedischen Reichstag. Auf der großen Brücke begegneten sich schon zu dieser frühen Mittagszeit die Touristen. Nach links hin zum Schloss oder in die andere Richtung zur Haupteinkaufsstraße Stockholms. Über sie war sie mit ihren Eltern an vielen Urlaubstagen gegangen. Ihr Weg endete oft in der *Gamla Stan*, der beliebten Altstadt.

»Festmachen!«, der Ruf von Birgitta riss Katharina aus ihren Gedanken. Sie warf eine Leine hinüber an Land, klettere über die Reling hinterher und befestigte das Seil seemannsgerecht an einem Betonklotz. Dies hatte ihr Birgitta bei der ersten gemeinsamen Ausfahrt beigebracht.

Inzwischen hatte die Frühlingssonne ihre ersten Strahlen durch die Wolken geschickt.

»Das Wetter wird erfreulich, lass uns keine Zeit verlieren«, trieb Birgitta zur Eile an. Die lange Liste von Geschäften und Händlern sollte abgearbeitet werden, bevor sie sich den Vergnügungen der Stadt widmen konnten.

»Schau nicht dauernd auf dein Handy«, wurde Katharina von ihrer Freundin ermahnt. Wieder einmal hatte sie nachgesehen, ob sich Erik gemeldet hatte. Vergeblich.

Fünf Stunden später ließ sich Katharina entkräftet in den Ledersessel in der Kajüte fallen. Die Beine schmerzten, der Magen verlangte nach Nahrung. Bis auf zwanzig Minuten in einem Café hatte Birgitta ihnen keine Pause gegönnt.

Während Katharina sich ausruhte, hatte Birgitta in der Zwischenzeit Kaffee gekocht, dazu Zimtschnecken auf den Tisch gestellt. Schweigend verbrachten sie ihre *Fika*, wie man in Schweden die Kaffeepause nennt. Unterbrochen nur von Katharinas Blicken auf ihr Handy.

»Leg das Ding endlich weg«, zischte Birgitta entnervt. »Erik meldet sich garantiert, wenn er Zeit hat.«

Müde und erschöpft waren beide in einen leichten Schlaf gefallen. Katharina träumte von einer Buchhandlung mit einem kleinen Café. In den bequemen Sesseln saßen die Kunden und blätterten bei einer Tasse Cappuccino in den Büchern, die sie interessierten. Dieser Traum begleitete sie bereits eine Weile. Es war ein schöner Traum, der ...

»Aufwachen!« Birgitta, selbst noch schlaftrunken, schüttelte Katharina leicht an der Schulter. Diese schlug schwerfällig die Augen auf, und sah sich verdutzt um.

»Was ist los?«, fragte sie, kräftig gähnend.

»Genug geschlafen, jetzt geht es in die *Gamla Stan*, zum Essen.«

»Habe ich lange geschlafen?«, erkundigte sich Katharina und reckte beide Arme in die Höhe.

»Fast eine Stunde«, sagte ihre Freundin und zog sie an beiden Händen aus dem Sessel. »Umziehen, dann geht es los.«

Kurz bevor sie sich auf den Weg machten, sah Katharina erneut auf ihr Handy.

Nichts.

Jetzt versuche ich es, dachte sie verärgert.

Katharina tippte auf die Nummer, wartete. Augenblicke später ertönte eine weibliche Stimme, »*der Teilnehmer ist vorübergehend nicht erreichbar.*«

»Los jetzt«, mahnte Birgitta. »Ich habe Hunger.«

Katharina steckte das Handy ein. Enttäuscht und frustriert folgte sie ihrer Freundin in die *Gamla Stan.*

Um diese Jahreszeit konnte man beinahe noch ungehindert durch die Altstadt spazieren, während die Touristenströme einen im Sommer willenlos durch die Gassen schoben.

So bummelten sie ohne Stress durch die *Västerlanggatan*, am *Nobelmuseum* vorbei zum Lokal *Tradition*. Sie fanden an der langen Fensterfront einen freien Tisch, nahmen auf den beigen Stühlen mit den schwarzen Ledersitzen Platz. Von außen sah ihnen die hereinbrechende Dunkelheit zu, wie sie gedünstetes *Kolja Filet* mit Muschelsoße, dazu eine Flasche Weißwein, bestellten.

Plötzlich hörte Birgitta ihren Namen rufen. Eine junge Frau mit einem kleinen Mädchen an der Hand, trat an ihren Tisch. Sie erkannte sie sofort wieder. Es war Pia Johansson, in deren Geschäft sie heute Vormittag waren.

Pia gab beiden die Hand. »Erholt ihr euch von eurem Einkaufsmarathon?«

»Ja, das haben wir auch nötig«, antwortete Birgitta. Sie forderte Pia auf, bei ihnen Platz zu nehmen.

»Gerne.« Pia setzte sich. »Das ist Tine«, und nahm sich ihre Tochter auf den Schoß.

»Wie alt bist du?«, fragte Katharina das kleine Mädchen neugierig.

»Sieben. Ich gehe schon zur Schule«, kam die kecke Antwort.

»Hast du schon Kinder?«, fragte Pia und schaute Katharina an.

»Nein. Ich will erst noch studieren.«

»Warte nicht zu lange. Es ist wunderbar mit Kindern. Vor einigen Tagen habe ich erfahren, dass ich wieder schwanger bin«, plauderte Pia aus. Dabei strich sie sich über ihren leicht gewölbten Bauch und zeigte ein strahlendes Lächeln.

»Glückwunsch«, sprachen Katharina und Birgitta gleichzeitig.

Im nächsten Augenblick brachte die Bedienung das Essen. Dies nahm Pia zum Anlass, sich mit Tine zu verabschieden.

»Entzückend die Kleine«, bemerkte Birgitta.

Katharina schaute den beiden nachdenklich hinterher.

Sie dachte daran, wie es wäre, mit Erik Kinder zu haben.

»Guten Appetit.« Birgittas Worte rissen sie aus ihren Gedanken.

»Ja, äh ... danke ... dir auch.« Sie war noch nicht bei der Sache.

Zufrieden und entspannt nach dem guten Essen, dem Wein- und einem Espresso, gingen beide zurück zum Boot. Diesmal nahmen sie den kürzeren Weg am Schloss vorbei. Katharina fiel ein, dass sie die ganze Zeit nicht auf ihr Handy geschaut hatte. Als sie kurz vor Mitternacht das Licht in ihrer Schlafkoje ausknipste, hatte sie immer noch keine Nachricht von Erik erhalten.

Vorsichtig schlugen die kleinen Wellen gegen das Boot und brachten es leicht zum Schaukeln. Bevor Katharina lange nachdenken konnte, hatte sie der Schlaf bereits eingeholt.

Freitag, 27. April

Nachdem Birgitta die große Glastür des wuchtigen roten Backsteingebäudes geöffnet hatte, stieg Katharina zuerst der penetrante Fischgeruch in die Nase. Während sie die *Östermalm-Saluhallen* betraten, stieg der Lärmpegel immer weiter an. Lautes Reden, Stimmengewirr, Brummen und- Rauschen waren schmerzhaft für die Ohren.

Zögerlich schaute sie sich um. Hinter den Glasscheiben der einzelnen Verkaufstheken lagen die in der vergangenen Nacht gefangenen Fische, eingebettet in kleine und große Eisbrocken. Sie sahen aus, als seien sie nur kurz in Ohnmacht gefallen. Starrer Blick, offene Münder.

Birgitta bemerkte, dass sich Katharina in der für sie ungewohnten Umgebung nicht wohlfühlte. Sie fasste ihre Freundin am Arm, zog sie zu einer Treppe, die nach oben führte. In dieser Etage war es wesentlich ruhiger. Hier gab es Restaurants und Cafés. In eines davon setzten sie sich. Katharina holte kräftig Luft, durch ihre Nase zog der bekannte Duft von Kaffee und frischen Brötchen.

»Du kannst hier in Ruhe frühstücken, während ich die Bestellungen mache.«

Während ihre Freundin wieder nach unten ging, füllte sich Katharina aus den bereitgestellten Kannen eine Tasse mit Kaffee. Am Tresen stellte sie sich ihr Frühstück zusammen. Nach einem ersten Bissen in ihr Marmeladenbrötchen und dem ersten Schluck heißen Kaffee ging es ihr wieder besser.

Zwischendurch riskierte sie einen kurzen Blick auf ihr Handy. Keine Nachricht von Erik.

Er wird schon seine Gründe haben.

Nachdem auch Birgitta nach ihren Erledigungen gefrühstückt hatte, überredete sie Katharina noch zu einem Gang durch die Hallen. Katharina kam aus dem Staunen nicht heraus. Hier gab es alles, was man sich vorstellen konnte, Käsetheken, Gewürzstände, Fleischereien. Es war wie auf einem Basar in Dubai, nur geordneter. Trotzdem war sie danach froh, endlich wieder draußen in der frischen Frühlingsluft zu stehen.

»Du siehst ziemlich blass aus«, bemerkte Birgitta. »Wir nehmen ein Taxi, dann sind wir schneller am Boot.« Fünf Minuten später schloss sie die Tür zur Kajüte auf.

»Wir ziehen uns um, dann gehen wir ins ABBA-Museum.«

Darauf hatte sich Katharina schon die ganze Zeit gefreut. Endlich ein paar unbeschwerte Stunden, das Handy war dann ausgestellt.

Birgitta war soeben dabei, die Tür zum Boot abzuschließen, klingelte Katharinas Handy. Sofort holte diese es aus ihrer Tasche, sah, dass es Erik war.

Endlich!

»Hallo Erik!«

»Entschuldige, dass ich mich erst jetzt melde. Es gibt hier viel zu tun. Ich wollte nur kurz Hallo sagen, damit du weißt, dass ich an dich denke.«

»Wann sehen wir uns wieder?«

»Ich kann es nicht genau sagen. So rasch wie möglich. Ich wünsche dir einen schönen Tag, hab dich lieb.«

Katharina wollte noch sagen »Ich dich auch«, da hatte er schon wieder aufgelegt.

Sie fühlte plötzlich eine innere Leere. Ihre Fröhlichkeit war wie vom Winde verweht. Einerseits freute sie sich über seinen Anruf, andererseits nahm er sich noch nicht einmal ein bisschen Zeit, um mit ihr zu reden.

Birgitta spürte den Stimmungswandel ihrer Freundin und gab ihr keine Zeit, sich zu ärgern.

»Komm, nun hast du ja etwas von ihm gehört. Jetzt bringt uns die Sieben direkt zum Museum.«

Katharina verzog den Mund zu einem gequälten Lächeln. Sie steckte das Handy in ihre Tasche und folgte Birgitta zur Straßenbahn, in der Hoffnung, die Fröhlichkeit im Museum wieder einzufangen.

Mit Betreten des ABBA-Museums änderte sich ihre Stimmung rasch. *Waterloo* empfing sie, weitere Hits führten sie vorbei an den prächtigen Kostümen, einem nachgebauten Studio, einem Nachbau einer kleinen Hütte am See, wo viele Hits entstanden waren, an dem Hubschrauber, mit dem die Gruppe zu ihren Konzerten geflogen war und zum Ende hin in einen großen Raum, in dem man, den *ABBA*-Zeiten nachträumend, tanzen konnte.

Beschwingt verließen sie nach zwei Stunden das Museum. Hinein in die Bahn, zurück auf das Boot und dann auf den Wellen der Ostsee tanzend in den Hafen von Grinda.

Samstag, 28. April

7

Seit dem kurzen Anruf gestern Mittag auf dem Boot hatte Erik sich nicht mehr gemeldet. Katharina war sehr enttäuscht. Trotz seiner Verpflichtungen musste es doch einen Moment geben, in dem er Zeit fand, sich zu melden.

Sie war sehr unzufrieden mit der Situation. Ihr war zum Heulen zumute. Doch was würde das helfen? Sie war froh, nach dem Frühstück in den Kiosk gehen zu können, um sich dort mit den letzten Arbeiten vor der Saisoneröffnung ablenken zu können.

Birgitta schaute auf, als Katharina den Kiosk betrat. Sie bemerkte die Traurigkeit im Gesicht ihrer Freundin. Ihr war klar, dass diese etwas mit Erik zu tun hatte, doch sie nahm sich vor, sie nicht darauf anzusprechen.

Katharina sah nur kurz zu Birgitta und ging direkt an ihre Arbeit, um den Inhalt einer der Kisten in die entsprechenden Regale zu verteilen. Sie war erleichtert über das Schweigen ihrer Freundin.

Nach einer Zeit des stummen Arbeitens schlug Birgitta vor, eine Pause zu machen.

»Ich mache weiter«, widersprach ihr Katharina.

»Okay, wie du willst, ich gehe kurz nach oben. Ich brauche jetzt einen Kaffee.«

Während des Alleinseins klopfte es plötzlich.

Erik!

Katharinas Gedanken schlugen Purzelbäume.

Will er mich überraschen?

Mit schnellen Schritten ging sie zur Tür. Ihr Ärger war urplötzlich in angespannte Munterkeit umgesprungen. Bereit, Erik sofort in die Arme zu fallen. Ihr Herz sprang munter mit.

Erschrocken wich sie zurück, nachdem sie die Tür geöffnet hatte. Entgeistert schaute sie der Person ins Gesicht, die vor ihr stand.

»Vater, wo kommst du denn her?«

Nur mühsam kamen ihr die Worte mit rauer Stimme aus dem Mund.

»Begrüßt man so seinen Vater?«

Die Enttäuschung über die Begrüßung seiner Tochter ließ die Freude und das Lächeln aus seinem Gesicht verschwinden.

»Entschuldige, ich nahm an, es sei Erik.«

In den nächsten Sekunden standen sich beide hilflos gegenüber. Eine Situation, die sie überforderte.

Peter Dreyer fand zuerst zur Sprache wieder.

»Leider nicht. Nur ein Vater, der sehen will, wie es seiner Tochter geht.«

»Ich freu mich ja.« Die Äußerung von Katharina klang etwas halbherzig. »Mir geht es ausgezeichnet.«

»Das freut mich. Was machst du?«

»Ich helfe Birgitta, den Kiosk herzurichten. Am ersten Mai ist Saisoneröffnung«, gab sie bereitwillig Auskunft.

In diesem Moment kam Birgitta zurück von ihrer kurzen Pause.

»Das ist aber eine Überraschung, hallo Peter!«

»Guten Tag Birgitta!«

Beide gingen aufeinander zu, umarmten sich freundschaftlich. Katharina fiel auf, dass sie dies mit ihrem Vater nicht getan hatte.

»Können wir irgendwo in Ruhe reden?«, wandte sich Peter wieder seiner Tochter zu.

»Macht doch einen Spaziergang«, schlug Birgitta vor und nahm ihm seinen Koffer ab. »Den stelle ich solange in den Kiosk.«

»Okay. Komm, dann gehen wir«, forderte Katharina ihren Vater auf.

Beide gingen hinunter zum Hafen. Katharina schwieg und überließ zunächst ihrem Vater das Erzählen.

Mit freudiger Stimme berichtete er, dass Anja jetzt bei ihm eingezogen sei. »Ich hoffe, es ist kein Problem für dich. Sie lässt dich grüßen.«

»Warum sollte das ein Problem sein? Ich wünsche euch viel Glück.«

Peter Dreyer freute sich über die Zustimmung seiner Tochter. Dann erzählte er weiter.

»Daniel bereut inzwischen seine Tat. Er will aber noch nicht mit mir sprechen. Vielleicht klappt es nach dem Gerichtstermin, der ja bald anberaumt werden muss.«

»Ein schwieriger Fall«. Mehr wollte Katharina dazu nicht sagen. Noch immer fröstelte es sie, wenn sie daran dachte, wie Daniel sie vor fast einem Jahr mit Drohungen in große Angst versetzt hatte und sie dann in den See stoßen wollte.

Peter Dreyer blieb stehen und schaute Katharina an.

»Was macht dein Traum?« Wegen dieser Frage war er ja hauptsächlich auf die Insel gekommen.

»Er lebt weiter«, antwortete sie kurz. Was sollte sie ihm auch sonst sagen? Maßgebend war, wie es mit Erik weitergehen würde. Aber das musste sie ihm ja nicht erzählen. Dabei hielt sie dem Blick ihres Vaters stand.

Peter gab sich mit der Antwort nicht zufrieden.

»Wann willst du ihn dir denn erfüllen?« Seine Frage hatte einen ironischen Unterton. »Jetzt bist du schon acht Monate hier, vergeudest deine Zeit aber mit Aushilfsarbeiten im Kiosk. Deswegen hast du deine Zelte doch nicht bei uns abgebrochen.« Aus Ironie war Verärgerung geworden.

Katharina war überrascht von der Heftigkeit seiner Worte. Aber er war noch nicht fertig.

»Ich mache dir jetzt einen Vorschlag: Komm mit mir zurück in die Firma. Vergiss deinen Traum. Er war doch nur eine Fantasie von dir.«

Katharina trat einen Schritt zurück. In ihr zitterte und bebte alles. Sie steckte ihre Hände in die Jackentasche, um nicht die Kontrolle zu verlieren.

»Was fällt dir ein? Bist du deswegen gekommen?« Mit immer lauter werdenden Stimme redete sie weiter. »Das ist eine Unverschämtheit von dir! Ich bin glücklich hier! Mein Traum lebt! Von dir werde ich mich nicht von meinem Weg abbringen lassen!«

Peter Dreyer stand mit herunterhängenden Armen vor seiner Tochter. Mit so einer zornigen Reaktion hatte er nicht gerechnet.

»Ich will dir doch nur ein Ziel geben«, versuchte er etwas hilflos, seine Worte zu unterstützen.

Katharina hatte sich noch nicht beruhigt.

»Am besten fährst du gleich wieder zurück.« Mit der Hand zeigte sie Richtung Fährhafen. »Viel Glück mit Anja! Melde dich, wenn du wieder klar denken kannst!«

Ihre überschäumende Wut ließ keine Widerrede zu.

Dann drehte sie sich um und nahm den Rückweg zum Kiosk. Ihr Vater trottete hinter ihr her.

»Katharina«, rief er ihr nach. »Ich habe es nur gut gemeint!« Doch seine Tochter reagierte nicht.

An der Hütte angekommen, holte er seinen kleinen Koffer aus dem Kiosk. Die Nachmittagsfähre würde er noch erreichen. Er verabschiedete sich von Birgitta, die ihm verständnislos die Hand reichte. Fragend schaute sie zu Katharina, immer noch rätselnd, was passiert war.

Mit den Worten »Pass auf dich auf«, gab er Katharina die Hand, die sie ihm nur widerwillig gab. Er drehte sich um und ging schleppend zurück zum Fähranleger. Er war froh, dass sie nicht in seine feuchten Augen sehen konnte.

Während Birgitta weiter auf eine Erklärung von Katharina wartete, zuckte diese nur mit den Schultern. Dann rannte sie an ihrer Freundin vorbei, hinauf zu ihrem Häuschen.

8

Später erledigten sie wortlos die restlichen Arbeiten im Kiosk. Birgitta vermied es, Katharina auf den Besuch ihres Vaters anzusprechen. Bevor jeder in sein Häuschen zurückging, bot sie ihr an, zum Essen rüberzukommen, wenn sie reden wolle.

»Ich überleg es mir«, ließ Katharina die Antwort offen.

Eine Stunde später klopfte sie bei Birgitta an. Mit einem leisen »Danke« und einer Umarmung trat sie ein.

Während des Abendessens sprachen sie zumeist über belanglose Dinge. Danach zogen sie sich mit einem Glas Wein in die Wohnstube zurück.

Katharina bemerkte, dass der ganze Ärger wieder in ihr hochkroch.

»Warum kommt er vorbei und reißt alte Wunden auf?«, platzte es aus ihr heraus.

»Du bist seine Tochter, er liebt dich«, antwortete Birgitta in ruhigem Ton.

»Warum macht er dann so etwas? Ich kann doch selbst entscheiden, was ich will.« Katharina hatte sich immer noch nicht beruhigt.

»Musstest du ihn denn auch gleich wieder wegschicken?«

»Das war vielleicht nicht in Ordnung«, zeigte Katharina etwas Einsicht. »Ich war in dem Moment so wütend!«

Birgitta schlug Katharina vor, ihren Vater anzurufen und sich bei ihm zu entschuldigen.

»Vielleicht später. Im Moment reagieren wir beide noch zu emotional.«

Katharina nippte erneut vom Wein.

»Wann willst du dich denn nun zum Studium bewerben?« Wieder diese unangenehme Frage für Katharina, die aber trotzdem über den Themenwechsel froh war.

Sie ließ sich Zeit. Dann verblüffte sie ihre Freundin mit einer überraschenden Antwort.

»Ich kann mir vorstellen, Erik zu heiraten und hier auf der Insel zu wohnen. Allenfalls noch in Stockholm. Arbeit werde ich schon finden. Vielleicht sogar in einer Buchhandlung. Und Schwedisch lerne ich auch noch.«

Birgitta konnte sich im ersten Moment nicht vorstellen, was der Grund für Katharinas Sinneswandel war.

»Was wird aus deinem Traum? Deswegen hast du doch dein Zuhause verlassen.«

Katharina überlegte nicht lange.

»Wenn man die große Liebe gefunden hat, was zählt dann noch ein Traum? Und weißt du noch, was Pia gesagt hat? *Warte nicht so lange.*«

Birgitta schaute Katharina mit ernstem Gesicht an.

»Erik ist viel unterwegs, oft wochenlang. Ich kann mir nicht vorstellen, dass jemand wie Erik Vater wird.«

Katharina lächelte die Bedenken ihrer Freundin weg. »Wir lieben uns.« Ihre eigenen Zweifel waren in diesem Moment ohne Belang.

Birgitta konnte nicht glauben, wie stur Katharina an ihrer Meinung festhielt.

»Verrenn dich nicht. Gib deinen Traum wegen Erik nicht auf.«

Katharina war verärgert darüber, wie Birgitta versuchte, ihr die Liebe zu Erik mies zu machen.

»Glaube mir. Ich bin alt genug und weiß, was ich tue. Das habe ich meinem Vater auch schon gesagt.«

Das konnte nicht gut gehen. Birgitta kannte ihren Bruder. Doch dann hob sie ihr Glas und prostete Katharina zu.

»Dann wünsche ich euch nur das Beste.«

Katharina stand auf.

»Prost, auf die Liebe«, dann trank sie ihr Glas mit einem großen Schluck leer. Anschließend ging sie zu Birgitta, gab ihr einen Kuss auf die Wange, wünschte »Gute Nacht!« und verließ die Stube.

»Gute Nacht«, schickte Birgitta ihrer Freundin hinterher.

Kaum war Katharina in ihrem Häuschen angekommen, schnappte sie sich ihr Handy und drückte auf Eriks Nummer. Doch wieder einmal erreichte sie ihn nicht.

Während sie später versuchte einzuschlafen, beschäftigte sie immer wieder derselbe Gedanke.

Was ist, wenn Erik doch nicht der Mann ist, für den ich ihn halte und in den ich mich verliebt habe?

Montag, 30. April

9

Am Tag vor der Saisoneröffnung wurde geputzt, gewischt, geordnet, Glanz in den Kiosk und das Café gebracht. Draußen stellten Birgitta, Katharina und ihre beiden Helferinnen die Tische und Bänke neben die Hütte. Zum ersten Mai versprach die Frühlingssonne einen warmen Tag.

Kurz vor der Mittagspause, Katharina wischte noch einmal draußen über die Theke, vernahm sie plötzlich eine bekannte Stimme, die ihren Namen rief. Sie blickte auf und erkannte, dass es Erik war.

Sofort ließ sie den Lappen in den Eimer fallen und lief ihm entgegen. Vor ihm angekommen, hielt sie sich mit beiden Händen an seiner offenen Jacke fest, stellte sich auf die Zehenspitzen und küsste ihn. Den Küssen schickte sie noch ein erleichtertes »endlich« hinterher.

»Wir sind mit den Turniervorbereitungen eher fertig geworden. So dachte ich mir, ein paar Tage hierzubleiben«, begründete er seinen plötzlichen Besuch.

Katharina sah ihn strahlend an und umschlang seinen Körper. Dabei bemerkte sie, dass Erik noch sehr angespannt war.

»Ich freue mich, dass du da bist. Jetzt fühle ich mich wieder vollständig.«

Sie fühlte die Sehnsucht in ihr nach einer gemeinsamen Nacht, nach Tagen, die ihr die Klarheit geben würden, wie intensiv ihre Beziehung ist.

Erik schob sie vorsichtig von sich, lächelte nur kurz und gab ihr dann einen schnellen, wortlosen Kuss. Dann stellte er seine Tasche ab und ging in den Kiosk hinein, um seine Schwester zu begrüßen.

Enttäuscht blieb Katharina draußen stehen. Ein bisschen mehr Freude über das Wiedersehen hätte sie sich schon gewünscht.

Vielleicht gab es Ärger bei dem Turnier. Er wird es mir bestimmt nachher erzählen.

Als Erik wieder aus dem Kiosk kam, erzählte sie ihm, dass sie gleich fertig sei und dann eine Pause hätte.

Er nahm seine Tasche, und mit den Worten »bis gleich«, ging er hinüber in ihr gemeinsames Häuschen.

Katharina ging zu Birgitta in den Kiosk, um dort weiter zu helfen.

Auf dem Weg dorthin fiel ihr plötzlich ein, dass er gesagt hatte, dass er ein paar Tage *hierbleiben* wollte und nicht *bei dir*«.

Das hatte bestimmt nichts zu bedeuten.
In der Mittagspause gab es nicht viel Gelegenheit zum Reden. Für alle drei hatte Birgitta eine Fischsuppe aufgewärmt, drängte aber schon nach kurzer Zeit zum Weitermachen im Kiosk, da noch viel zu tun war.

Doch auch am gemeinsamen Abend in der Wohnstube kam kein richtiges Gespräch zwischen ihnen zustande. Erik spielte die meiste Zeit mit seinem Handy oder schaute in seinen Laptop. Katharina beschlich das Gefühl, dass mit ihm etwas nicht stimmte. Gerne hätte sie etwas erfahren über seine Tage in Hamburg.

Sie dachte an ihr Wiedersehen. An die fehlende Begeisterung in seinem Gesicht. Lag es an seinen vielen Reisen? Oder gab es noch einen anderen Grund? Darüber wollte sie lieber nicht nachdenken.

»Was ist mit dir los?«, fragte Erik, als er wieder einmal von seinem Laptop aufschaute, »Du siehst so blass und müde aus?«

»Es war ein anstrengender Tag. Ich bin das noch nicht so gewohnt,« entschuldigte sich Katharina.

»Geh schlafen, ich arbeite noch etwas,« schlug Erik vor und wendete sich wieder von ihr ab.

Katharina lag mit offenen Augen auf dem Rücken, als Erik nach Mitternacht ins dunkle Schlafzimmer kam. Ob er spürte, dass sie noch keinen Schlaf gefunden hatte? Diesen Abend und besonders die Nacht hatte sie sich ganz anders vorgestellt.

Erik legte sich schweigend mit dem Rücken zu ihr in sein Bett. Wenige Minuten später hörte sie seinen ruhigen Atem.

Mittwoch, 2. Mai

10

Gestern war der Tag der Saisoneröffnung. Vollgepackt mit Touristen kamen die Fähren zu den Anlegestellen. Von dort strömten die Menschen zu den verschiedenen Orten der Insel. Mit drei weiteren Aushilfen hatten es Birgitta und Katharina geschafft, die Arbeit zu bewältigen. Sogar Erik half mit. Am Morgen beim Frühstück hatten er und Katharina kaum miteinander gesprochen. Tagsüber hatten sie wieder keine Gelegenheit, sich zu unterhalten. Der Abend war kurz, denn beide waren zu sehr erschöpft. So wurde auch diese Nacht zu einer Enttäuschung für Katharina.

An diesem Morgen war Erik schon zeitig unterwegs. Bereits nach dem Frühstück machte er sich auf den Weg.

»Ich gehe joggen«, verabschiedete er sich.

Katharina saß noch in der Küche und bereitete sich auf ihren Einsatz im Café vor, als plötzlich der Benachrichtigungston eines Handys zu hören war. Es war nicht der Klingelton ihres Handys. Sie stand auf und ging in die Wohnstube. Dort sah sie das Handy von Erik auf dem Tisch liegen. Wieder einmal hatte er es vergessen. Sie zögerte kurz, ob sie nachsehen sollte. Vielleicht war es etwas Wichtiges wegen eines Turniers? Ihre Neugier siegte und sie drückte den rechten Knopf. Die letzte Nachricht stammte von einer *Kristin*. Der Text begann mit *Hallo Liebling, danke ...*

Bevor sie die Nachricht öffnete, rieb sie sich ihre feuchten Hände an der Schürze ab, die sie für die Arbeit im Kiosk bereits umgebunden hatte. Noch einmal zögerte sie. Ihr Herzschlag erhöhte sich. Dann zählte sie bis drei und öffnete die Nachricht.

Hallo Liebling, begann sie zu lesen, *danke für die schöne Zeit in Hamburg. Kann es kaum erwarten, dich in Paris wiederzusehen. Der Stadt der Liebe. Ich liebe dich, Kristin.*

Mehrmals las sie die Nachricht. Sie versuchte, beherrscht und ruhig zu atmen.

Ihre Gedanken erfassten den Moment, in dem ihr klar wurde, dass Erik sie betrog, dass er eine Freundin hatte.

War ich wirklich so blöd zu glauben, ich wäre die einzige Frau in seinem Leben?

Ärger erfasste ihren Körper. Auch über sich selbst. Tränen füllten ihre Augen. Ihre Hände begannen zu zittern.

Birgitta hatte recht gehabt! Er war zu viel unterwegs, zu vielen Verführungen ausgesetzt.

Liebling, ich liebe dich. Stadt der Liebe.

Ihr Kopf fühlte sich an, als würde er jeden Augenblick zerplatzen.

Sie sah kurz auf das Handy in ihrer Hand und schleuderte es dann quer durch die Küche gegen den Geschirrspüler.

Das Display wurde schwarz, man konnte keine Uhrzeit mehr darauf erkennen. Katharina spürte, dass die Zeit mit Erik vorbei war.

Sie setzte sich auf den Boden und schluchzte ungehemmt.

11

Katharina saß immer noch regungslos auf dem Boden, als Erik vom Joggen zurückkehrte. Er blieb stehen und musterte sie.

»Was ist los? Was machst du da unten?«

»Hast du eine Freundin?« Sie musste sich anstrengen, um diese Frage zu stellen. Ihr Kopfschmerz nahm zu. Vorsichtig stand sie auf.

»Was soll die Frage?« Eriks Gesichtsausdruck bestand aus Überraschung und Ratlosigkeit. Mit der rechten Hand tippte er sich an den Kopf. »Bist du verrückt?«

»*Ich liebe dich, Kristin!*«, flüsterte Katharina. Erik schien sie nicht verstanden zu haben.

»Hast du mein Handy gesehen? Ich hatte vergessen, es mitzunehmen.«

»Dort hinten in der Ecke«, sagte sie kläglich.

Erik sah das zerstörte Handy, hob es auf und schrie sie wütend an.

»Was soll das? Was hast du gemacht?«

»*Ich liebe dich, Kristin!*«

Mit unruhiger Stimme wiederholte sie den letzten Satz der Nachricht. Gleichzeitig wünschte sie sich, dass das alles nicht stimmte, die Frau sich nur einen Scherz erlaubt hatte.

Er brauchte einen langen Moment für seine Antwort.

»Ja, ich bin jemandem begegnet. Ich hatte nicht geplant, Kristin kennenzulernen.«

Eriks Stimme zitterte und er vermied es, Katharina dabei anzusehen, starrte nur auf die Einzelteile seines Handys in seiner Hand.

Es stimmt, es ist kein Scherz.

Sie war überrascht, dass er es sofort zugegeben hatte, ohne Ausrede.

»Hast du mit ihr geschlafen?« Die Worte rutschten ihr nur schleppend über ihre trockenen Lippen. »Wie lange geht das schon?«

Bei diesen Fragen zog Erik es vor, zu schweigen. Für Katharina war es Antwort genug.

»Was passiert mit uns?« Die Wärme in der Küche konnte das Schaudern nicht verhindern.

Erik stand immer noch an der gleichen Stelle. Sein Blick wanderte ruhelos zwischen dem kaputten Handy und Katharina.

»Ich weiß nicht, was passieren wird, wie es weitergeht.«

Seine Worte ließen Katharina den Verlust erahnen.

Erik trat einen Schritt auf sie zu und hob die Schultern. Sie spürte seine Unsicherheit, was er als Nächstes tun sollte. Weggehen oder zu ihr kommen.

Katharina wünschte sich, er würde sagen, dass alles nur ein Missverständnis sei. Doch sein Schweigen zerstörte ihre letzte Hoffnung.

Wortlos drehte er sich um und verließ die Küche.

Katharina blickte ihm nach.

Ich habe ihn verloren.

Sie lehnte sich an die Wand und rutschte kraftlos auf den Boden.

12

Katharina hatte jegliches Empfinden für die Zeit verloren, als sie versuchte aufzustehen. Schwerfällig, beide Hände am Tischrand festgekrallt, zog sie sich nach oben. Wackelig, wie nach einer Überdosis Alkohol.

Dann der erste Schritt, stehen bleiben. Ein zweiter, ein dritter Schritt. Sie ließ die Tischplatte los, frei und eigenständig erreichte sie das Bad. Ihr Blick war nach unten gerichtet. Vor dem Spiegel hob sie vorsichtig den Kopf. Stocksteif und mit aufgerissenem Mund schaute sie sich an.

Das bin ich nicht, das ist eine andere Frau.

Das Gesicht kalkweiß wie die Wände im Bad, eingefallene Wangen, die Augen glanzlos. Ihre Haare standen wirr. In Unordnung geraten wie ihr Leben. Sie fuhr mit der rechten Hand durch ihre Haare, versuchte, Ordnung reinzubringen.

Erik ist Vergangenheit.

Und für ihn hätte sie fast ihren Traum aufgegeben.

Sie nahm einen Waschlappen, tränkte ihn mit kaltem Wasser und verteilte es in ihrem

Gesicht. Wohltuende Frische zog durch ihren Körper.

Schritt für Schritt drängte sich ihr Traum nach vorn. Nur er durfte ab sofort einen Platz in ihrem Leben haben.

Ihr Kopf versuchte sich in Klarheit. Keine Versuchung würde es mehr schaffen, sie von ihrem geraden Weg abzubringen. Dieser hatte oben am See nach Marias Tod begonnen und war hier in Gefahr geraten, sich in verschiedene Abzweigungen zu verflüchtigen.

Als Katharina nach draußen trat, verspürte sie eine große Erleichterung. Sie blieb stehen und atmete tief durch. Den Gedanken an eine Zukunft ohne Erik musste sie erst einmal ignorieren und sich in die Arbeit stürzen.

Sie ging zu ihrer Freundin, die soeben Pullover zusammenlegte und in das Regal sortierte. Ihre Mundwinkel verzogen sich zu einem bitteren Lächeln. Sie umarmte Birgitta und flüsterte ihr ins Ohr »Jetzt weiß ich, was du gemeint hast.«

Nachdem sie sich von ihr gelöst hatte, sprach sie mit fester Stimme weiter.

»Erik betrügt mich. Er hat eine Freundin. Er hat es auch nicht abgestritten.«

Birgitta brauchte nicht lange zu ihrer Antwort. Sie legte die Pullover auf dem Tisch ab und schaute Katharina lange an.

»Warum überrascht mich das jetzt nicht?«, sagte sie vollkommen emotionslos.

»Ich war blöd, naiv und zu sehr verliebt, da blendet man vieles aus. Du hast mich ja gewarnt.«

Katharina war froh, dass Birgitta nicht weiter nachfragte. Dann erzählte sie ihr von ihren Gefühlen und Gedanken, die sie im Bad hatte.

»Jetzt wird gearbeitet, die ersten Gäste kommen schon,« zog Katharina danach einen ersten Schlussstrich.

Sie schaffte es, das Ehepaar und die beiden Mädchen mit einem Lächeln zu begrüßen.

Deutschland

13

»Sie kommt nicht mehr zurück«, begann Peter Dreyer zögernd. »Sie ist so verliebt in Erik, dass sie lieber dort im Kiosk arbeitet, statt in der Firma ihres Vaters.«

Er stockte, bevor er weitersprach. »So eine stupide Arbeit, das entspricht doch nicht ihrem Niveau!«

Ein paar Tränen drückten sich aus seinen Augenwinkeln. Unglücklich, beinahe hilflos, schaute er sie an. Anja wischte ihm vorsichtig eine Träne weg und versuchte dann behutsam, ihm zu widersprechen.

»Sie muss ihren Weg allein finden. Dagegen kannst du nichts unternehmen.«

»Dort vergeudet sie nur sinnlos ihre wertvolle Zeit,« hielt ihr Peter entgegen. »Alles was sie wollte, scheint vergessen zu sein.« Seine Stimme klang erregt, ja fast wütend.

Anja machte eine kleine Pause, damit Katharinas Vater sich erst einmal beruhigen konnte.

»Es ging mir mit Daniel doch genauso. Eines Tages ließ er sich nichts mehr von mir sagen und ich musste tatenlos zusehen, wie er in sein Unglück rannte.«

Peter wurde lauter. »Soweit will ich es aber nicht kommen lassen!«

»Das verstehe ich«, zeigte Anja Verständnis für seine Haltung. »Die schlechten Erfahrungen können wir unseren Kindern jedoch nicht abnehmen.«

Statt einer Antwort stand er auf und ging nebenan in die Wohnstube. Etwas ratlos und ungeduldig wartete sie auf seine Rückkehr. Als er nach einigen Minuten zurückkam, trug er ein gerahmtes Bild von Katharina in der Hand und stellte es auf den Tisch.

»Sie ist doch meine Tochter«, sagte er mit einem wehmütigen Blick auf das Bild.

Dann ging er zu Anja und zog sie von ihrem Stuhl zu sich nach oben.

»Du hast recht. Vielleicht sollte ich geduldiger mit ihr sein. Natürlich bin ich froh, wenn sie glücklich ist. Doch ich bezweifle, dass sie den richtigen Weg beschreitet.«

Er umarmte Anja und gab ihr einen zärtlichen Kuss.

»Und jetzt gehe ich zu meiner Verabredung mit Andreas.«

Er löste sich aus ihren Armen und nahm eine Jacke von der Garderobe.

»Er braucht meine Unterstützung,« sprach er dann weiter. »In einer Woche beginnt der Prozess gegen Sven, wegen Maria.«

Anja war froh, dass Peter sich wieder im Griff hatte.

14

Katharina betrat die Küche, in der Erik am Tisch saß und mit seinem Handy beschäftigt war. Schweigend ging sie zum Kühlschrank, um sich eine Flasche Wasser herauszuholen.

Er schaute kurz auf. »Können wir reden?«

Katharina blieb stehen. »Reden? Worüber?«, fragte sie verärgert.

»Ich habe sie bereits gekannt, bevor du auf die Insel gekommen bist. Wir sind uns immer wieder bei Turnieren begegnet. Es war rein freundschaftlich, bis zu diesem Turnier in Hamburg. Da sind wir uns näher gekommen. Und ja, wir haben miteinander geschlafen.«

Während Erik versuchte, Katharina seine Situation zu erklären, hantierte er weiter an seinem Handy herum.

Noch bevor sie etwas sagen konnte, hielt er das Handy nach oben und schaute sie lächelnd an.

»Geschafft, es funktioniert noch!«

Katharina war entsetzt. Einerseits wollte er mit ihr wie ein erwachsener Mann über seine Beziehung sprechen, andererseits bastelte er an seinem Handy herum und freute sich wie ein kleiner Junge.

Offensichtlich ist ihm sein Handy wichtiger als unsere Beziehung.

Sie versuchte, gelassen zu reagieren.

»Im Gegensatz zu unserer Beziehung. Die ist für mich beendet!«

Erik schwieg. Dann klingelte sein Handy, als wolle es beweisen, dass es wieder in Ordnung ist. Während er sich meldete, stand er auf und ging hinaus.

Kopfschüttelnd und genervt von Eriks Gleichgültigkeit nahm Katharina ein Glas aus dem Schrank, schüttete sich ein und ging hinaus. Bevor sie das Wohnzimmer erreichte, trat Erik in den Flur.

»War es diese Kristin?«, brach es aus ihr heraus.

»Ja. Ich werde heute Nacht bei einem Freund in Stockholm bleiben und gleich morgen zeitig nach Paris fliegen.«

Erik sprach gelassen und wirkte, als habe er schon seit Langem gewusst, dass sie sich trennen würden.

Er machte eine Pause, als wolle er ihr die Gelegenheit geben, die Wahrheit zu begreifen.

»Es tut mir leid.«

Eriks Kälte in seiner Stimme machte ihr Angst.

Dann drehte er sich rum und ging zurück in sein Zimmer.

Im gleichen Augenblick flog ihr der Gedanke in den Kopf, dass sie gar nicht wegen Erik auf Grinda war.

Ich bin immer noch die Katharina, die hierhin gekommen ist, um Zeit zu haben, ihren Traum zu verwirklichen.

Damals brauchte sie andere Menschen um sich herum, eine andere Umgebung. Die Liebe zu Erik war nicht darin vorgesehen gewesen.

Sie erinnerte sich an ihre Gedanken am Morgen im Bad. Sie war in Gefahr geraten, ihren geraden Weg zu verlassen.

Ich bin nicht allein, ich habe meinen Traum!

Kraftvoll drückte sie die Türklinke herunter und ging in das kleine Zimmer, wo sie ihre Unterlagen für die Bewerbung zum Studium aufbewahrte. Seit ihrer Ankunft auf Grinda hatte sie diese nicht mehr in der Hand gehabt. Vorsichtig legte sie ihr Zeugnis und die anderen Papiere auf dem Tisch ab. Kein Knick, kein Eselsohr sollte sie beschädigen.

Morgen wollte sie sich im Internet über die Zulassungsbedingungen informieren und dann sofort bewerben. Sie ärgerte sich, dass sie dies alles wegen Erik vor sich hergeschoben hatte. Doch jetzt war es soweit. Der Weg zu ihrem Traum war wieder frei.

Donnerstag, 3. Mai

15

Um 4:30 Uhr war für Katharina die Nacht vorbei. Hellwach lag sie in ihrem Bett, ihre Gedanken wirbelten zwischen Verlust und Euphorie umher.

Ihre erste große Liebe war gescheitert. Das tat weh, obwohl sie sich nichts vorzuwerfen hatte. Erik hatte den Versuchungen in seinem Job nicht widerstehen können. Sein Leben bestand aus Reisen, Partys, Frauen, sie liebte die Ruhe, die Zweisamkeit.

Nun war es an der Zeit, dass ihr Traum wieder der Mittelpunkt ihres Lebens wurde. Nichts sollte sie mehr davon abhalten. Gleich am Morgen wollte sie alles Nötige dafür tun. Wenn sie sich erst einmal beworben hatte, gab es kein Zurück mehr.

Nach dem Frühstück ging Katharina zu Birgitta und erzählte ihr, dass Erik noch am Abend abgereist war.

Da sie erst am Nachmittag wieder im Kiosk arbeiten musste, ging sie zurück in ihr Zimmer, nahm ihre Unterlagen und öffnete das Notebook.

Nachdem sie die Seite der Uni Göttingen aufgerufen hatte, fand sie dort alle nötigen Informationen. Zu ihrer Überraschung las sie, eine Online-Bewerbung reiche aus und eine schriftliche Einreichung sei nicht notwendig. Nur ihre Versicherungsbescheinigung sowie das Abschlusszeugnis musste sie zusenden.

Das hätte ich schon viel früher machen können.

Sie registrierte sich, dann fing sie an, konzentriert die umfangreichen Fragen zu beantworten.

Eine Stunde später drückte sie auf *Senden* und lehnte sich erschöpft in ihrem Stuhl zurück.

Geschafft! Jetzt konnte sie im Oktober mit ihrem Studium beginnen. Sie hatte keine Zweifel, dass ihre Bewerbung nicht angenommen würde.

Ihr Traum hatte Laufen gelernt.

16

Der Nachmittag verlief ohne Hast. Heute besuchten nur wenige Gäste die Insel.

Das gab Katharina die Gelegenheit, den Umschlag für die Uni zum Briefkasten am Fähranleger zu bringen. Vom Steg aus beobachtete sie, wie kleine Segelboote, angetrieben durch eine leichte Brise, geruhsam durch die Schären glitten. Es gab ihr ein Gefühl der Gelassenheit, was ihr nach den hektischen Momenten mit Erik guttat.

Dann faltete sie die Hände und blickte zum Himmel. Ein kurzer Gruß.

Hallo Maria, ich habe es geschafft. Mein Traum wird wahr. Ich denk an dich!

Sie wischte sich die Augenwinkel trocken und ging zurück zum Kiosk. Unterwegs erfasste sie eine leichte Übelkeit. Sie blieb einen Moment stehen und atmete zweimal kräftig ein und aus. Danach fühlte sie sich besser.

Ich werde heute Abend ausgiebig mit Birgitta essen, und mit ihr über die Zukunft reden, nahm sie sich vor.

Die Ordnung im Laden und vor dem Kiosk war am späten Nachmittag wieder hergestellt,

Lebensmittel und Waren lagen auf ihrem Platz, Tische und Stühle waren zusammengestellt.

Hoffentlich kehrt in mein Leben auch wieder Ruhe und Ordnung ein.

Mit diesen Gedanken ging Katharina zurück in ihre Wohnung, um sich für den Abend mit Birgitta umzuziehen.

Birgitta begrüßte sie mit einer sanften Umarmung. Katharina blickte auf den gedeckten Tisch. Matjes, Sahnehering und frischer Hecht, dazu Graubrot und ein schwedisches Bier.

»Ist das nur für uns beide?,« zeigte sich Katharina von der Menge überrascht.

»Natürlich, wer viel arbeitet, darf auch viel essen. Setz dich und lass es dir schmecken.«

»Danke!«

Birgitta schüttete von dem guten *Norrland Guld* ein und sie prosteten sich zu.

»Wie geht es jetzt weiter?,« eröffnete Birgitta das Tischgespräch.

»Erik will zunächst in *Stockholm* bei einem Freund wohnen und von dort direkt nach Paris zu dem Turnier reisen.«

»Das ist seine Welt. Es tut mir sehr leid, dass es so für dich endet. Ich hätte gerne unrecht gehabt.«

»Ich hatte mich zu sehr von meinem Traum entfernt. Jetzt habe ich ihn auf den Weg gebracht.«

»Was hast du vor?«

»Ich …. äh ….« Katharina zögerte mit ihrer Antwort. Sie wollte nichts Falsches sagen.

Birgitta machte ihr Mut. »Nur heraus damit!«

»Ich würde gerne ein paar Tage nach Stockholm reisen.«

»Dann mach das! Wann wolltest du fahren?«

»Ich möchte dich aber nicht allein lassen«, äußerte Katharina ihre Bedenken.

»Ich habe ja noch Berit und Erica.«

»Wenn, dann wollte ich nächste Woche fahren. Ich brauche etwas Abstand.«

»Das ist doch in Ordnung. Schön, dass du am Wochenende noch da bist.«

Das Lächeln der Freundin zeigte Katharina, dass sie erleichtert war, nicht ohne ihre Hilfe zu sein.

Eine Stunde später war Katharina satt. »Jetzt kann ich nicht mehr.«

Gemeinsam räumten sie das Geschirr in die Spülmaschine. Danach machten sie es sich in der Sitzecke bequem.

»Schade, dass unsere gemeinsame Zeit bald vorbei ist.« Birgittas trauriger Blick tat Katharina weh.

Sie stand auf, zog ihre Freundin nach oben, nahm sie in die Arme und wischte ihr sanft die Tränen von den Wangen.

Und plötzlich lagen die Lippen ihrer Freundin auf ihren. Doch schon Sekunden später löste sich Birgitta aus der Umarmung.

Katharina war verdutzt. Der Kuss ihrer Freundin brannte auf ihren Lippen.

»Entschuldige«, zeigte sich Birgitta schockiert von dem, was da soeben passiert war. Mit erröteten Wangen schaute sie nach unten.

»Was war das denn?« Katharina fasste Birgitta unter das Kinn, sodass diese sie ansehen musste.

Birgitta zögerte mit einer Antwort, als suche sie die richtigen Worte. Doch dann sprach sie ganz schnell, als wollte sie es endlich hinter sich haben.

»Ich bin lesbisch!«

»Aber warum jetzt dieser Kuss?«, konnte sich Katharina die Reaktion ihrer Freundin noch nicht erklären.

»Plötzlich wurde mir bewusst, wie allein ich wieder sein werde, wenn du bald zurück in Deutschland bist«, versuchte sich Birgitta an einer Erklärung. »Die gemeinsame Zeit war sehr schön.«

»Dann wird es endlich Zeit, dass du jemanden findest. Sei mutig!«

»Ich muss dir noch etwas gestehen!«

»Immer heraus damit«, machte sich Katharina auf die nächste Überraschung gefasst.

»Anfangs, als du hier warst, dachte ich, das würde etwas mit uns. Dann merkte ich schnell, dass du nur Augen für Erik hattest.«

»Das tut mir leid, dass ich dich enttäuscht habe!« Katharina lachte. »Gibt es keine andere Frau, die du attraktiv findest?«

Jetzt lächelte auch Birgitta. Die Tränen waren vergessen, ein leichter Glanz zeigte sich in ihren Augen.

»Ja, du kennst sie«, sie machte eine kleine Pause, »Berit. Aber sie ahnt nichts. Und ich bin mir auch nicht sicher, ob sie lesbisch ist.«

»Eine hübsche, freundliche junge Frau. Finde es heraus, frag sie.«

»Wir verstehen uns problemlos und oft schenkt sie mir ein Lächeln.«

»Sprich morgen mit ihr,« spornte sie Katharina weiter an. »Wenn du möchtest, helfe ich dir dabei.«

»Danke, aber das muss ich selbst schaffen.«

»Ich drück dir die Daumen,« gab sie ihrer Freundin noch mit auf den Weg.

»Du bist nicht verärgert, dass ich dich geküsst habe, und wir nur noch über mich geredet haben?«, versuchte sich Birgitta an einer Entschuldigung.

»Natürlich nicht,« beruhigte sie Katharina, und jetzt gehen wir schlafen. Du kannst dir ja einen Plan überlegen, wie du mit Berit reden willst.«

Nachdem Katharina im Bett lag, wurde ihr noch einmal bewusst, dass nicht nur sie Träume hatte. Ihren hatte sie noch nicht vollkommen erfüllt. Jetzt hoffte sie, dass auch Birgitta ihr Glück findet.

Freitag, 04. Mai

17

Nachdem sie ihre Aufregung unter Kontrolle hatte und es im Kiosk ruhiger geworden war, war Birgitta endlich bereit, mit Berit zu sprechen. Diese war dabei, einen Kunden zu bedienen.

»Wenn wir heute Abend mit allem fertig geworden sind, komm doch bitte zu mir rüber. Ich muss mit dir reden.« Birgittas Stimme zitterte leicht.

»Das mache ich!« Mit der Antwort schickte Berit noch ein warmes Lächeln hinterher.

Dies bestärkte Birgitta in der Hoffnung, nichts Falsches zu machen. Auf dem Weg nach draußen drehte sie sich noch einmal um. Berit sah ihr nach, während sie das Geld des Kunden in die Kasse legte.

Einige Minuten nach Feierabend klopfte es an der Tür und Berit trat in das Zimmer. Sie schien gute Laune zu haben.

»Was gibt es, Chefin?« Diese Frage klang eher heiter als ernsthaft.

Birgitta dagegen blieb förmlich, was ihrer inneren Erregung zuzuschreiben war.

»Setz dich bitte.«

Mit dieser Aufforderung gewann sie etwas Zeit. Ihr wurde immer heißer, das Herz klopfte schneller.

Ich darf das nicht versauen.

»Was ich dich jetzt frage, fällt mir nicht leicht. Doch es ist sehr bedeutsam für mich.« Für einen Moment schwieg sie, flüsterte dann aber noch einen Satz hinterher. »Vielleicht auch für uns.«

Das war doch gar nicht so schwer, lobte sich Birgitta selbst.

Dann bemerkte sie, dass Berit aufgestanden war und sich ihr genähert hatte.

»Willst du mich fragen, ob ich mich in dich verliebt habe?« Berit stand jetzt direkt vor ihr.

»Woher weißt du das?«, fragte Birgitta erstaunt.

»Weil deine Blicke zu mir oft sehr eindeutig waren!«

»Hast du dich belästigt gefühlt?« Jetzt hatte Birgitta Angst, doch etwas falsch gemacht zu haben.

»Nein, aber ich habe immer auf deine Fragen gewartet«, beruhigte sie Berit.

Birgitta war erstaunt, wie unkompliziert es hätte sein können.

Berit nahm Birgitta an beiden Händen und schaute ihr in die Augen.

»Ja, ich mag dich sehr!«

Birgitta war sich nicht sicher, ob sie es richtig verstanden hatte.

Hat sie gesagt, sie mag mich?

Bevor sie sich die Antwort selbst geben konnte, hatte ihr Berit einen kurzen, sanften Kuss gegeben.

Birgitta umarmte Berit und dann setzten sie sich nebeneinander auf das Sofa, und sprachen über die vielen versäumten Gelegenheiten.

»Ich habe bei dir angefangen, weil ich in deiner Nähe sein wollte«, gestand Berit. »Aber du hast mir gegenüber immer nur die Chefin gespielt. Dass du so ein schwieriger Fall sein würdest, hätte ich nicht gedacht.«

Beide lachten und Birgitta fügte hinzu, dass sie damit nur ihre Unsicherheit überspielen wollte.

»Lass uns morgen weiter darüber reden, wie es mit uns weitergehen soll,« schlug Birgitta vor.

»Natürlich, Chefin!« Berit lachte, gab ihr einen kurzen Kuss und verabschiedete sich mit den Worten »So etwas braucht Zeit!«

Montag, 07. Mai

18

Gegen zehn Uhr ging Katharina mit Birgitta zum Hafen, um mit dem Boot in die Stadt zu fahren. Dass Birgitta die Hoffnung auf eine Zukunft mit Berit guttat, sah sie ihr sofort an. Ihre Wangen glühten vor Glück, die Augen glänzten und ihr Gang war voller Leben. Beide hatten sie besprochen, dass sie es in aller Ruhe angehen lassen wollten, um zu sehen, ob etwas zwischen Ihnen zusammenwachsen kann.

Bereits nach einer Stunde waren sie in Stockholm.

»Eine gute Zeit, und pass gut auf dich auf!«

Beide umarmten sich und der einsetzende Nieselregen begleitete Katharina zu ihrem gebuchten Hotel nahe der Altstadt.

Als sie abends in ihrem Hotelbett lag, fand sie nur schwer in den Schlaf. Der Regen schlich sich immer noch mit kleinen Tropfen an die Fenster.

Mit der Absendung der Unterlagen war sie ihrem Traum näher gekommen. Doch sie hatte den Eindruck, dass da etwas fehlte. Alle um sie herum konnten ihr Glück teilen. Erik mit Kristin, ihr Vater mit Anja und Birgitta vielleicht mit Berit.

In diesem Moment kam ihr Michael in den Sinn. Warum Michael? Sie hatten sich doch im Streit getrennt!

Es wird sich alles fügen, erinnerte sie sich an die Worte ihrer Mutter, nachdem diese von ihrer Krebserkrankung erfahren hatte.

In diesem Augenblick war sie wieder da, die Einsamkeit, die sie schon nach Marias Tod gespürt hatte. Sie begann zu frösteln und zog die Bettdecke bis zur Nasenspitze.

Nachdem der Regen nicht mehr an ihr Fenster klopfte, kam auch Katharina zur Ruhe. Die Stille zog sie in einen traumlosen Schlaf, bis am nächsten Morgen die ersten Geräusche zu ihr drangen und ihr zeigten, dass ein neuer Tag sichtbar wurde.

Dienstag 08. Mai

Deutschland

19

Seit fast zwei Stunden war Peter Dreyer im Gerichtssaal und hörte gespannt der Verhandlung gegen Sven Förster zu. Dieser war angeklagt, Katharinas beste Freundin Maria im vergangenen Jahr getötet zu haben. Nur wenige Zeugen wurden vernommen, da Sven ein umfangreiches Geständnis abgelegt hatte.

Er gab zu, dass er Maria zu einer Bootstour eingeladen hatte, um mit ihr über Katharina zu reden. Dann war sie aufgestanden, weil sie sich über seine Aussagen aufgeregt hatte. Daraufhin begann das Boot zu schwanken, woraufhin sie das Gleichgewicht verloren hatte und mit dem Kopf an der Bootskante aufgeschlagen war. Maria war ins Wasser gefallen und nicht wieder aufgetaucht. Sven erzählte, dass er deshalb Panik bekommen hatte und weggelaufen war, ohne sich um sie zu kümmern.

Nach den Plädoyers unterbrach der Richter die Sitzung bis zur Urteilsverkündung für eine Stunde.

Während der Pause stand Peter zusammen mit seinem Freund Andreas Förster im Flur. Sie schwiegen mehr, als dass sie miteinander redeten. Andreas Förster hoffte auf eine Bewährungsstrafe für seinen Sohn. Nach vier Monaten war dieser aus der Untersuchungshaft entlassen worden, auch, weil keine Fluchtgefahr bestand. In vielen Gesprächen danach waren sich Vater und Sohn näher gekommen, hatten ihre gegenseitigen Fehler und Differenzen ausgeräumt. Nun hoffte er für Sven auf die Chance eines Neuanfangs.

Fast genau nach einer Stunde wurden sie wieder in den Saal gerufen. Das Gericht hatte seine Beratungen beendet und der Richter begann mit der Verkündung des Urteils.

»Im Namen des Volkes ergeht folgendes Urteil:

Der Angeklagte wird wegen unterlassener Hilfeleistung mit Todesfolge zu einer Freiheitsstrafe von einem Jahr und sechs Monaten verurteilt. Die Freiheitsstrafe wird ausgesetzt auf drei Jahre zur Bewährung.«

Alle nahmen wieder Platz. Andreas Förster und Peter Dreyer hatten den Urteilsspruch mit großer Anspannung verfolgt. Diese hatte sich, nachdem die Bewährung ausgesprochen wurde, in Erleichterung und Tränen aufgelöst.

Währenddessen begründete der Richter das Urteil.

»Die Prognose für den Angeklagten erschien günstig und es lagen keine besonderen Umstände vor. Das Geständnis konnte strafmildernd berücksichtigt werden, ebenso die erlittene Untersuchungshaft. Obwohl die Tat moralisch verwerflich ist, konnte eine dreijährige Bewährungszeit ausgesprochen werden.«

Zum ersten Mal seit Verhandlungsbeginn schaute Daniel zu seinem Vater. Auch Daniel hatte Tränen in den Augen, und ein Lächeln zeigte seine ganze Befreiung von der Last, ins Gefängnis zu müssen.

Während Peter und Andreas den Saal verließen, musste Daniel noch einmal zurück in die Haftanstalt, um dort entlassen zu werden. Am Abend würde er endlich seinen Vater wieder in die Arme schließen können. Und als ersten Schritt in der Freiheit hatte er sich vorgenommen, Marias Eltern zu besuchen.

Mittwoch, 09. Mai

20

Katharinas schläfrige Augen blickten angestrengt auf die Ziffern ihrer kleinen Armbanduhr.

Halb zehn. Es war bereits ihr dritter Tag in Stockholm.

Ein langer, traumloser Schlaf hatte sie durch die Nacht getragen. Gestern war sie stundenlang durch die *Gamla Stan* spaziert. Sie hatte sich ziellos von den vielen Touristen durch die Gassen und Geschäfte treiben lassen.

Kaum, dass sie aufgestanden war, spürte sie wieder diese eintönige Stille.

Beim Aufziehen der Gardinen sprangen sie die ersten Sonnenstrahlen an. Ihr klarer werdender Blick fiel hinüber zum Schloss, das nur noch zu Staatsempfängen genutzt wurde. Die Königsfamilie wohnte auf Drottningholm oder Gotland.

Nach dem Duschen und einem ausgiebigen Frühstück reifte in ihr der Plan, sich wieder einmal in *Skansen* aufzuhalten, dem ältesten Freilichtmuseum der Welt mit einem umfangreichen Tierpark. Mit der Linie 7 würde sie direkt davor ankommen. Hier würde sie unter

Menschen sein, und sie hätte Abwechslung und Unterhaltung.

Am Nachmittag in Skansen erlaubte sich Katharina eine Pause und zur Erfrischung eine Eisschokolade. Ihr schwirrte der Kopf von den vielen Eindrücken, die sie in den letzten Stunden gesammelt hatte. Das Beobachten der Elche, Braunbären und Wölfe in ihren großen Gehegen, die interessanten Informationen aus der Geschichte des früheren Schweden und dem Zuhören der traditionellen schwedischen Musik auf der Freilichtbühne. Jetzt war es an der Zeit, in die Stadt zurückfahren und sich ein gutes Abendessen zu gönnen.

Während Katharina aus der Bahn stieg, hörte sie plötzlich ihren Namen rufen. Sie drehte sich um, und erkannte Pia, die Birgitta und sie letzte Woche mit ihrer kleinen Tochter getroffen hatten.

Sie begrüßten sich mit einem fröhlichen »*Hej*«.

»Was machst du allein in Stockholm?«, fragte Pia.

»Ich brauchte Abstand und ein bisschen Zeit für mich. Aber das kann ich dir bei einem gemeinsamen Abendessen erzählen, wenn du Zeit hast!«

»Sehr gerne. Ich habe heute frei von meiner Familie bekommen. Mein Mann passt auf die Kleine auf,« verriet ihr Pia augenzwinkernd.

In der Einkaufsstraße *Drottningsgatan* blieb Pia plötzlich vor einem Geschäft für Umstandskleidungen stehen.

»Willst du mit reingehen?«, fragte sie Katharina. »Die haben hier immer sehr schöne Kleider.«

Katharina folgte ihr und schaute sich voller Neugier um.

Ein blaues, knöchellanges Kleid mit Rüschen um den V-Ausschnitt, hatte es ihr angetan.

Für so etwas habe ich ja noch Zeit, kam ihr der Gedanke.

Wehmütig hängte sie das Kleid wieder zurück zu den anderen.

»Hat dir das gefallen?«, unterbrach Pia ihre Gedanken. Sie lachte. »Willst du es dir nicht doch noch einmal überlegen?«

»Erst kommt das Studium dran«, versicherte ihr Katharina. »Und was hast du dir gekauft?«

Pia zog ein schickes, farbenfrohes Kleid aus einer großen Tüte.

»Zu einem fröhlichen Ereignis gehört auch ein buntes Kleid!«

Als sie das Geschäft verließen, begann sich der Tag nach und nach zu verabschieden. Dunkle Abendwolken eroberten den Himmel.

Minuten später saßen sie im Restaurant und studierten die Speisekarte. Beide entschieden sich für *gebratenen Hecht nach Gävler Art,* etwas für den großen Hunger.

»Du wolltest mir erzählen, warum du allein hier bist«, begann Pia die Unterhaltung nach der Bestellung.

»Ok, die Kurzversion: Erik und ich haben uns getrennt. Er hat eine Neue. Und ich bin hier, um damit fertig zu werden.«

»Das tut mir sehr leid.« Pia beugte sich über den Tisch und streichelte über die Hand von Katharina.

»Und was macht deine Schwangerschaft?«, wechselte Katharina das Thema.

»Alles prima«, versicherte ihr Pia und lachte. »Ich fühle mich wohl. Mein Mann unterstützt mich sehr.«

»Das freut mich ...«

»Meine Damen, das Essen«, unterbrach der Kellner das Gespräch, wünschte guten Appetit und bedachte beide noch mit einem freundlichen Lächeln.

Plötzlich legte Katharina Messer und Gabel neben den Teller.

»Was ist los?« Pia schaute besorgt zu ihr herüber.

»Mir ist auf einmal so komisch!«

»Hattest du das schon öfters?«, fragte Pia sorgenvoll.

»Ja«, Katharina zögerte einen Moment, »einige Male beim Essen.«

Sie wischte sich mit der Serviette den Mund ab.

»Ich kann jetzt nichts mehr essen.«

»Du siehst sehr blass aus, weiß wie eine Wand«, bemerkte Pia.

»Es tut mir leid, dass ich uns den Abend verderbe. Das war wahrscheinlich zu viel heute.«

»Nimm ein Taxi«, schlug Pia vor und schaute dann Katharina lange an.

»Entschuldige, dass ich so direkt frage, aber kann es sein, dass du schwanger bist?«

Katharina zuckte zusammen. »Ausgeschlossen, wir haben immer verhütet.«

»War nur so eine Idee«, beschwichtigte Pia, die ihren Teller auch nur zur Hälfte geleert hatte.

Danach bestellte sie ein Taxi, das drei Minuten später schon da war. Katharina entschuldigte sich noch einmal und versprach, sich zu melden.

Nach der Rückkehr ins Hotel legte sich Katharina sofort ins Bett. Immer wieder musste sie an die Frage von Pia denken, ob sie schwanger sei. Ob sie vielleicht doch einmal im Überschwang der Gefühle alle Vorsicht vergessen hatten?

Nein, daran will ich gar nicht erst denken. Ich will studieren und kein Kind.

Das ist nur eine Magenverstimmung, beruhigte sie sich selbst.

Doch je öfter sich die Zeiger auf der Uhr drehten, umso mehr kamen Zweifel in ihr auf. Auf jeden Fall wollte sie sich morgen Vormittag einen Test aus der Apotheke holen. Dann hätte sie Sicherheit. So oder so.

Die wachsende Ungewissheit raubte ihr den Schlaf. Erst gegen Morgen kam sie kurz in einen Dämmerzustand.

Donnerstag, 10. Mai

21

Katharina traute sich erst gegen Mittag aus dem Hotel. Bis dahin hatte sie noch nichts gegessen. Von Übelkeit Gott sei Dank keine Spur mehr. Und sie wollte nicht mehr weiter grübeln, sondern endlich Klarheit haben.

Abwartend stand sie vor der Apotheke und betrachtete die Schaufensterauslage. Für jede Krankheit lag da ein Mittel bereit.

Mir fehlt doch nichts.

Noch konnte sie zurückgehen. Sie hörte die Türglocke und beobachtete, wie ein junger Mann die Apotheke verließ. Sein Blick streifte ihr Gesicht. Er sah nett aus, doch seine Augen hatten etwas Trauriges. Sie schaute in den Verkaufsraum. Es war kein weiterer Kunde darin.

Nein, ich will es jetzt wissen.

Sie ging die beiden Stufen nach oben und stand dann etwas unschlüssig im Laden. Ein Mann und eine Frau warteten hinter den beiden Verkaufstheken.

»Guten Tag, wie kann ich Ihnen helfen«, hörte sie die angenehme Stimme der Apothekerin.

Gott sei Dank.

Den Apotheker wegen eines Tests zu fragen, wäre ihr peinlich gewesen.

»Ich hätte gerne einen Schwangerschaftstest, nein«, sie überlegte kurz, »geben Sie mir zwei.«

Katharina ärgerte sich über ihre Unsicherheit.

»Möchten Sie einen Frühtest mit Wochenbestimmung oder einen normalen Test?«

... »Ich weiß es nicht so genau. Ich will nur wissen, ob ich schwanger bin.«

Die Apothekerin lächelte sie an und zusammen mit der angenehmen Stimme wirkte dies beruhigend auf Katharina.

»Nehmen Sie den Normaltest.«

»Dann nehme ich zwei davon.«

Die Apothekerin ging nach hinten und kam kurz darauf mit den beiden Packungen zurück.

Katharina bedankte sich, zahlte, steckte beide Tests in den mitgebrachten Beutel, verließ rasch die Apotheke und war froh, es hinter sich gebracht zu haben.

Draußen blieb sie erst einmal stehen, atmete tief durch und wartete, bis sich ihr Pulsschlag beruhigt hatte.

Kurz bevor sie das Hotel erreichte, klingelte ihr Handy. Es war Birgitta. Solange Katharina nicht wusste, wie das Ergebnis des Tests ausfiel, wollte sie mit niemandem reden. Sie drückte den

Anruf weg.

Auf ihrem Zimmer angekommen, holte sie sich aus der Hausbar eine Flasche Cola und eine Tüte Salzstangen. Das soll bekanntlich gegen Magenverstimmungen helfen. Bevor sie den Test machte, duschte sie den Schweiß der vergangenen Stunden weg.

Mit zitternden Händen öffnete sie die erste Schachtel. Zunächst las sie sich die Anleitung durch. Darin stand, dass der Test zu jeder Tages- und Nachtzeit gemacht werden konnte.

Sie entschloss sich, den Test sofort zu machen. Dann bekäme sie endlich Klarheit. Schlimmstenfalls wäre sie eine alleinerziehende Mutter. Ohne Arbeit, ohne Geld. In die Firma ihres Vaters würde sie nicht zurückgehen. Sie schüttelte den Kopf bei dem Gedanken, wie viele Hindernisse sich noch vor ihr auftun könnten, bis sie ihren Traum endlich erreicht hätte.

22

Katharina hielt mit zittriger Hand den Teststreifen zwischen den Fingern. Auf ihrem Handy stellte sie die vorgegebene Zeit ein. Sie musste drei Minuten darauf warten, ob in dem Kontrollfeld eine zweite Linie auftauchte oder es bei einer Linie blieb. Sie ging zum Fenster und schaute hinaus über die Dächer von Stockholm. Sie dachte daran, dass sich womöglich in wenigen Minuten ihr Leben komplett verändern würde.

Wie soll das alles gehen?

Sie hatte keinen Job, vielleicht bald Studentin und vom Vater des Kindes war sie getrennt. Eine Schwangerschaft war so ziemlich das Letzte, was sie jetzt gebrauchen konnte.

In ihre Gedanken vertieft, hätte sie fast das Klingeln des Handys überhört. Sie stellte den Ton ab und hob die linke Hand. Ängstlich wanderte ihr Blick auf den Teststreifen. Und in diesem Augenblick war ihr Leben ein anderes. Eine zweite Linie war zu sehen.

Ich bin schwanger. Keine Magenverstimmung.

Ein Kind wächst in meinem Bauch! Ich werde Mutter.

Ihre Gedanken schwankten zwischen Angst und Glücksgefühl. Sie wollte ja ein Kind. Doch nicht zu diesem Zeitpunkt.

Was kann das Kind dafür?

Nichts, gab sie sich gleich die Antwort.

Jetzt brauchte sie unbedingt jemanden zum Reden. Sie nahm ihr Handy und wählte die Nummer von Birgitta.

»Hej Katharina, ich freue mich, dass du dich meldest!«

Katharina wollte nicht lange drum herum reden.

»Ich bin schwanger!«

»Bist du noch dran?«, fragte Katharina nach gefühlten fünf Minuten Stille.

»Ja. Entschuldige, auf diese Nachricht war ich nicht gefasst.«

»Ich auch nicht.« Danach erzählte Katharina, was seit gestern passiert war.

»Bist du okay?«, fragte Birgitta besorgt.

»Ziemlich durcheinander! So allmählich kapiere ich, was das für mich bedeutet.«

Birgitta riet ihr, sofort zu einer Frauenärztin zu gehen. »Ich rufe dort an, dann kriegst du gleich morgen einen Termin«.

»Danke! Willst du gar nicht wissen, ob ich das Kind behalten will?,« fragte Katharina, bevor ihre Freundin das Gespräch beenden konnte.

»Das ist allein deine Entscheidung. Sprich mit der Ärztin darüber.«

»Ich habe eine Bitte an dich. Sollte Erik sich bei dir melden, erzähl ihm nichts von der Schwangerschaft. Ich sage es ihm selbst.«

»Natürlich sage ich ihm nichts«, versicherte ihr Birgitta. »Ich melde mich gleich wieder.« Dann beendete sie das Gespräch.

Keine zwei Minuten später rief Birgitta schon zurück.

»Dein Termin ist morgen Mittag um 13:00 Uhr. Die Ärztin heißt *Ylva Olsson*. Ihre Praxis ist in der *Kungsgatan 44*. Du gehst durch die *Gamla Stan*, die *Vasagatan* geradeaus, und am Ende rechts ist die Kungsgatan.

»Danke, das werde ich finden.«

Bevor sie die kommenden Stunden nutzen wollte, um zur Ruhe zu kommen, wählte sie Eriks Nummer.

Ich muss ihn unbedingt informieren. Er wird Vater und sollte es wissen.

Doch wie so oft in letzter Zeit meldete er sich nicht. So sprach sie auf die Mailbox, dass er sie unbedingt zurückrufen solle.

Die Zeit der Ruhe unterbrach sie nur, um am Abend im Hotelrestaurant einen Salat zu essen. Zu mehr hatte sie keinen Appetit. Dabei bemerkte sie, dass sich zwei schwangere Frauen unter den Hotelgästen befanden.

So ändern sich die Gewohnheiten.

Vorher hätte sie sich nicht dafür interessiert.

Im Bett kam ihr immer wieder der Gedanke, wann es passiert sein könnte. Sie hatten doch immer verhütet.

Nur einmal nicht ...!

23

Katharina wurde in der Arztpraxis gründlich durchgecheckt. Blutabnahme, Puls- und Blutdruckkontrolle und ein EKG wurden gemacht.

Eine halbe Stunde später saß sie vor der Ärztin, die gutes Deutsch sprach.

»Die Diagnose ist eindeutig: Sie sind schwanger. Ihr Baby ist jetzt etwa fünf Wochen alt. Herzlichen Glückwunsch!«

»Danke! Was kann man denn auf dem Ultraschallbild erkennen?«

Die Ärztin nahm einen Stift und zeigte ihr eine bestimmte Stelle auf dem Bild.

»Mehr als einen kleinen Fleck sieht man noch nicht. Der Embryo misst jetzt etwa zwei Millimeter.«

Jetzt hatte sie also endgültig Gewissheit. Wie sollte das gehen?

»Möchten Sie denn das Kind behalten?«

Kann sie Gedanken lesen?

»Ich weiß es nicht,« gab sie eine ehrliche Antwort. Dann schilderte sie ihre derzeitige Situation. Geduldig hörte ihr die Ärztin zu.

»Ich verstehe! Das ist im Moment schwierig für Sie. Aber ich bitte Sie, treffen Sie Ihre Entscheidung in aller Ruhe, denn die ist von großer Tragweite für Ihr weiteres Leben. Sie haben noch etwa fünf Wochen Zeit. Überstürzen Sie nichts.«

Katharina konnte nur nicken.

Sie meint es ja gut mit mir.

Die Ärztin schaute in ihren Terminkalender.

Lassen Sie sich vorne einen Termin für den 29. Mai geben. Dann kann man auf dem Ultraschallbild schon mehr sehen. Alles Gute bis dahin.«

Katharina bedankte sich und bekam von der Arzthelferin einen Termin für elf Uhr.

Draußen auf der Straße atmete sie die noch frische Morgenluft ein. Sie fasste sich mit beiden Händen an den Bauch.

Ich möchte schon gern wissen, wie das Kind darin aussieht.

Auf dem Weg zum nahe gelegenen Park dachte sie an die Mütter im Warteraum. Alle hatten einen heiteren, gelösten Eindruck gemacht und unbeschwert miteinander geplaudert. Man spürte, dass sie sich auf ihre Kinder freuten. Und sie waren bestimmt auch nicht ohne Probleme.

Warum sollte ich das nicht ebenfalls schaffen?

Nachdem sie eine freie Bank gefunden hatte, rief sie Birgitta an. Sie schilderte ihr den Besuch bei der Ärztin und bat sie, sie am nächsten Morgen, um zehn Uhr abzuholen.

Bei einem Bummel durch die Einkaufsstraße kam sie wieder an dem Geschäft für Schwangerschaftsmode vorbei. Sie ging hinein und sah, dass das Kleid, das ihr gefallen hatte, immer noch dort hing. Kurz entschlossen nahm sie es vom Ständer und ging es anprobieren. Es passte wie für sie gemacht. An der Kasse fragte die Verkäuferin sie, in welchem Monat sie sei.

»In der fünften Woche«, antwortete Katharina ihr und spürte, wie entspannt sie dabei war.

Als sie den Laden wieder verließ, blieb sie kurz draußen stehen. Sie drückte mit beiden Händen die Tüte energisch gegen ihren Körper und schloss die Augen. Der Kauf fühlte sich immer noch gut an.

Rechtzeitig zum Abendbuffet kam sie im Hotel an. Und sie verspürte tatsächlich so etwas wie Hunger. Doch zunächst wollte sie Erik anrufen.

Dieser meldete sich zu ihrer großen Überraschung sofort.

»Was gibt es?« Erfreut klang seine Frage nicht, aber davon ließ sie sich nicht entmutigen.

»Ich bin schwanger!«

Einen Moment blieb Erik stumm.

»Wie konnte das denn passieren? Ich gehe mal davon aus, dass ich der Vater bin?«

Seine Fragen verärgerten Katharina sehr. Aber sie wollte ihm nichts schuldig bleiben.

»Wer denn sonst? Einmal hast du wohl vergessen, dir das Ding überzustreifen. Dann passiert so etwas.«

Erik ließ sich davon nicht beeindrucken.

»Willst du das Kind behalten?«

Katharina wollte nicht mehr länger mit ihm telefonieren.

»Du hast wohl Angst, für das Kind zahlen zu müssen? Ob ich es behalte, wirst du noch zeitig genug erfahren.«

Ohne weitere Worte legte sie auf. Um den Ärger über Erik abzubauen, strich sie sich wieder über den Bauch. Die Gewissheit, dass darin ein kleines Geschöpf heranwuchs, gab ihr ein angenehmes Gefühl.

Später im Bett dachte sie noch einmal über den Tag nach. Die ruhigen Worte der Ärztin, die entspannten Schwangeren im Warteraum, der Kauf des Kleides und das Gespräch mit Erik. Plötzlich waren ihre Gedanken bei ihrer Mutter.

Sie war immer sehr liebevoll zu mir gewesen. Sie wäre nie auf die Idee gekommen, kein Kind zu wollen, obwohl sie in ihrem Beruf gefordert war. Doch sie hatte sich für mich entschieden.

Die Entscheidung, ob sie das Kind behielte, würde sie sicherlich nicht heute Abend treffen. Jedoch ahnte sie bereits, wie ihre Entscheidung ausfallen könnte.

Samstag, 12. Mai

24

Pünktlich um zehn Uhr stand Katharina am Anleger *Strömkajen*. Lange musste sie nicht warten, bis das blau-weiße Boot von Birgitta vor ihr hielt. Als das Boot nahe genug am Kai lag, sprang Katharina hinein, direkt in die Arme ihrer Freundin. Einer herzlichen Umarmung folgten erst einmal ein paar Tränen.

»Setz dich«, forderte Birgitta sie auf, nachdem sich beide etwas beruhigt hatten.

Katharina setzte sich unter Deck und Birgitta startete den Motor. Dann erzählte Katharina ihrer Freundin von dem Gespräch mit Erik. Unerwartet versetzte sie das sanfte Brummen des Motors in einen leichten Schlaf.

»Aufwachen, wir sind da!« Birgittas Worte brachten Katharina zurück in die Wirklichkeit. Das Boot war bereits im Hafen von Grinda angekommen.

»Der Schlaf hat mir gutgetan.« Katharina fühlte sich kräftig genug, um am Nachmittag wieder im Laden zu helfen.

»Kommt gar nicht infrage«, lehnte Birgitta gleich ab. »Du schonst dich erst einmal.«

»Ich bin doch nicht erkrankt,« lachte Katharina. »Ich bin nur schwanger. Außerdem lenkt mich die Arbeit ab.«

»Okay.« Birgitta wusste, dass sie dagegen keine Argumente hatte.

Nachdem sie eine leichte Übelkeit überstanden hatte, ging sie nach draußen zum Helfen. Bis zum Abend kamen viele Gäste, um zu essen und zu trinken oder etwas im Laden zu kaufen. Als alles aufgeräumt war, ging sie zum Abendbrot in ihr Haus. Dabei hatte sie das gute Gefühl, endlich wieder etwas Vernünftiges getan zu haben.

Montag, 14. Mai

25

Nach dem besucherreichen Sonntag war, wie jeden Montag, kaum mit Gästen zu rechnen.

Am späten Vormittag unternahm sie einen Spaziergang zum Fähranleger. Zwischendrin machte sie einen Stopp in der kleinen Bucht. Sie setzte sich auf *ihren* Felsen und blickte hinauf in den wolkenverhangenen Himmel. Wie herrlich wäre es, wenn sie jetzt Maria neben sich sitzen hätte. Ihr Rat und Trost waren jederzeit wertvoll und nützlich gewesen.

Was würde sie mir diesmal vorschlagen?

In diesem Augenblick öffnete sich die Wolkendecke und ein breiter Sonnenstrahl berührte die ruhige See.

Sie schloss die Augen und verspürte plötzlich eine tiefe innere Ruhe. Und aus diesem Zustand heraus sprach eine Stimme zu ihr: »Behalte das Kind. Bring es zur Welt und erziehe es zu einem wertvollen Menschen.«

Genauso hätte sie es zu mir gesagt, und mich dabei unterstützt. Danke Maria!

Katharina wusste, dass sie diesem Rat folgen, ihm vertrauen konnte. Noch nie empfand sie so eine Klarheit und Kraft in ihren Gedanken.

Ich werde dieses Kind behalten. Und wird es ein Mädchen, nenne ich sie Maria.

Immer mehr verabschiedeten sich die düsteren, grauen Wolken und die Sonne erwärmte die
Natur.

Noch eine Weile hielt Katharina ihr Gesicht in die Sonne. Erst als sie das Signal der einlaufenden Fähre hörte, stand sie auf. Fast hätte sie vergessen, weswegen sie unterwegs war. Sie wollte die Post abholen.

Im Briefkasten am Fähranleger lagen einige Briefe für Birgitta bereit. Auf einem weiteren Brief stand Katharinas Name. Von den Justizbehörden! Sofort öffnete sie den Umschlag, zog das Schriftstück heraus und las das Wort *Ladung*. Sie faltete den Brief auseinander und erfuhr, dass sie in dem Strafverfahren gegen Daniel Krüger am *Montag, 02. Juli, um 9:00 Uhr* als Zeugin geladen war.

Ihr schauderte.

Ich muss zurück nach Deutschland.

Keine schöne Vorstellung. Die Erinnerungen an die Tat nahmen ihre Gedanken in Besitz. Die Freude vom Morgen wurde von der Angst vor dem Wiedersehen mit Daniel verdrängt. Er wollte sie damals umbringen, als er sie packte und zum See schleppte.

Der Himmel schien mit ihr zu fühlen. Erneut hatten sich Wolken vor die Sonne geschoben. Sie begann zu frösteln und beschleunigte ihren Gang auf dem Weg zurück in ihr Haus. Vorher legte sie die Post für ihre Freundin auf deren Terrassentisch. Mit Birgitta würde sie in der Mittagspause reden. Schon jetzt überkam sie ein Gefühl von Traurigkeit über den bevorstehenden Abschied. Und erstmals dachte sie daran, wie es sein würde, den vertrauten Gesichtern zuhause zu begegnen.

»Hast du deine Post gefunden?«, fragte Katharina, als sie gegen Mittag zu Birgitta hinüberging.

»Ja, danke! Rechnungen und Reklame.« Beide lachten.

»War etwas für dich dabei?«

»O ja.« Vorsichtig legte Katharina den Brief auf den Tisch. Birgitta las den Inhalt und erklärte dann mit stockender Stimme, »Das bedeutet Abschied.«

»Ja.« Katharina bemerkte wieder ein leichtes Frieren. »Mir graut jetzt schon vor dem Zusammentreffen mit Daniel.«

»Das glaube ich.« Birgitta schaute sie fragend an. »Wie geht es dir sonst?«

»Es geht mir besser. Ich habe endlich eine Entscheidung getroffen.« Katharina lächelte.

»Ich werde das Kind behalten.«

»Bist du dir da völlig sicher?«, Birgitta wusste nicht so recht, ob sie lachen oder weinen sollte.

»Absolut sicher.«

Birgitta stand auf, beugte sich zu Katharina hinunter und umarmte sie.

»Glückwunsch. Du wirst das schaffen!« Überzeugt klang sie nicht, eher nachdenklich.

»Danke!« Katharina war froh über den Zuspruch.

Sie erzählte ihrer Freundin, wie es zu der Entscheidung unten in der kleinen Bucht gekommen war.

»Maria muss dir sehr viel bedeutet haben?«

»Ja. Maria war für mich der wichtigste Mensch«, bestätigte Katharina.

Sie stand auch auf und zog ihre Freundin mit sich, um endlich diesem bedrückenden Moment zu entfliehen.

»Komm, jetzt geht es weiter im Laden. Ein paar Touristen werden schon noch mit der Nachmittagsfähre kommen.«

Birgitta war froh über diese Ablenkung. Nur mühsam kämpfte sie gegen die Traurigkeit an. Der bevorstehende Abschied schmerzte schon jetzt.

Die dunklen Wolken hatten sich gänzlich verzogen und einem leichten Blau Platz gemacht. In der Luft lag ein Hauch von erstem Sommer.

Die Nachmittagsfähre legte pünktlich an. Den Signalton hörte man bei entsprechender Windrichtung bis zu Birgittas Laden. Es verging keine halbe Stunde, da waren die ersten Touristen am Kiosk.

Katharina war soeben dabei, zwei jungen Touristinnen Cappuccino und Kuchen an einen Tisch zu bringen, als ein lautes »Hallo« sie aufschauen ließ. Sie blickte direkt in das Gesicht von Erik, der mit seinem Lächeln fröhlich und unternehmungslustig wirkte. Der offene Hemdkragen, sein braun gebranntes Gesicht und die vom Seewind leicht zerzausten blonden Haare unterstrichen sein attraktives Aussehen. Auch die beiden Touristinnen zeigten sich beeindruckt und sahen ihn sehnsuchtsvoll an.

Katharina blieb unbeeindruckt. Sie wusste, was sie davon zu halten hatte, nämlich nichts. Er hatte ihr einmal gefallen, doch das war jetzt vorbei.

Ein kurzes »Hallo« war ihre einzige Reaktion, dann wandte sie sich wieder ihren Gästen zu.

Erik kam näher und flüsterte ihr ins Ohr, »ich bin hier, um mit dir zu reden.«

»Jetzt?«

»Geh nur, ich mache weiter«, hörte sie plötzlich die Stimme von Birgitta, die danach ihren Bruder begrüßte.

»Okay, ich komme gleich. Geh schon mal vor«, forderte sie Erik auf.

»Wie geht es dir?«, begrüßte er Katharina kurze Zeit später auf der Terrasse. Unverholen starrte er auf ihren Bauch.

»Danke, ich bin zufrieden.« Sie blieb stehen.

»Was willst du? Fasse dich kurz, es ist viel zu tun«, erklärte sie. Ihre Verärgerung war deutlich herauszuhören.

Erik reagierte gelassen.

»Dass ich hier bin, hat sich kurzfristig ergeben«, erklärte er in ruhigem Ton. »Morgen Vormittag fliegen wir nach Paris.«

»Wie romantisch«, sagte sie schnippisch und sprach dann weiter. Sie wollte ihn nicht länger im Unklaren lassen.

»Ich werde das Kind behalten!«

»Wenn du dir das so überlegt hast«, entgegnete er fast gelangweilt.

»Das habe ich.« Katharinas feste Stimme ließ keinen Zweifel daran zu.

»Ich werde dich unterstützen.« Es klang eher daher gesagt, als überzeugend.

»Danke, aber das schaffe ich schon allein«, entgegnete Katharina schroff. Dann klärte sie ihn über ihre weiteren Pläne auf.

»Nächste Woche kehre ich nach Deutschland zurück. Im Juli ist der Gerichtstermin gegen Daniel, außerdem werde ich alles für das Kind und mich vorbereiten.«

»Und dein Studium?« Nach wirklichem Interesse hörte sich das nicht an.

»Das werde ich im Herbst beginnen.«

Wenn ich genommen werde.

»Okay, wenn du meinst. Dann ist ja alles geklärt«. Erik schien froh zu sein, dass Gespräch hinter sich zu haben.

Fast gleichzeitig standen beide auf.

Sie traten aufeinander zu und umarmten sich kurz. Rasch befreite sich Katharina wieder und ging hinunter zum Kiosk.

»Pass auf dich auf«, rief ihr Erik nach.

Katharina ging wortlos weiter, ohne sich noch einmal umzudrehen. Nur das Kind würde sie zukünftig noch an ihn erinnern.

Donnerstag, 17. Mai

26

Zögernd zog sie den Schlüssel aus dem Schloss des kleinen Hauses heraus, und gab ihn ihrer Freundin. Schweigend gingen beide den kleine Hang hinab zum Laden. Dort warteten schon Berit und Erica zu einer letzten Umarmung.

Vor diesem Augenblick hatte sich Katharina schon seit Tagen gefürchtet. Der Abschied von Birgitta, von Grinda, Abschied von den Menschen, die sie hier in ihrer Zeit kennen- und lieben gelernt hatte. Jede von ihnen hatte ein liebes Wort und die besten Wünsche für sie. Auf dem Weg mit Birgitta hinüber zum kleinen Hafen drehte sie sich nicht mehr um. Sie wollte den Schmerz nicht stärker werden lassen.

Sie betrat das Boot von Birgitta, die sie bis nach Stockholm bringen würde. Den Weg zum Flughafen würde sie mit der U-Bahn fahren.

In den letzten Tagen waren ihre Gedanken oft in Deutschland gewesen. Wie würde sie ihr Vater empfangen? Was würde er sagen, wenn er erfährt, dass sie schwanger ist? Wie würde sich ihr Verhältnis zu Anja gestalten? Fragen über Fragen. Sie hatte keine Angst davor. Die Schwangerschaft gab ihr genügend Kraft. Sie trug jetzt Verantwortung für einen kleinen Menschen.

Nur der Gedanke an den Gerichtstermin mit Daniel verursachte ihr weiterhin ein unbehagliches Gefühl. Ihr Kampf mit Daniel, dass Eingreifen von Sven, alles würde noch einmal in ihr geweckt werden.

Birgitta stand unterdessen schweigend am Steuerrad. Katharina war für sie in den letzten Monaten wie zu einer Schwester geworden. Und sie hatte ihr geholfen, endlich Berit ihre Liebe zu gestehen. Außerdem hatte Katharina ihr versprochen, dass sie Patentante würde. Birgitta drehte sich zu Katharina um und sah, wie diese sich über die Augen wischte.

Als Birgitta ihr Boot am *Strömkajen* festmachte, waren sich beide einig, dass es keine große Abschiedszeremonie geben sollte. Eine lange, innige Umarmung und ein gegenseitiges Lächeln mussten reichen.

»Pass auf dich und das Kind auf!«, schickte ihr Birgitta noch einen letzten Wunsch hinterher. Da hatte Katharina schon den Weg zur U-Bahn aufgenommen. Sie hob nur die freie Hand zum Zeichen, dass sie verstanden hatte. Jetzt galt es, den Blick nach vorne zu richten.

Vier Stunden später schwebte Katharina bereits über Stockholm in Richtung Heimat. Sie hatte niemanden über ihre Rückkehr informiert, sondern wollte in aller Ruhe ankommen. Es würde noch genug Gerede geben, wenn sie erst einmal bei ihrem Vater gewesen war.

Katharina überstand den kurzen Flug ohne Übelkeit. Die Zeit bis zur Abfahrt ihres Zuges nutzte sie zu einem kleinen Mittagssnack und einem Gang durch die dicht bevölkerten Hallen des Flughafens. Damit hatte sie für eine lange Zeit die Ruhe der kleinen Insel mit der Hektik des kommenden Alltags getauscht.

27

Als das Taxi ihren Heimatort erreicht, war dieser bereits in die Schwärze der Nacht eingetaucht. Die Straßenlaternen warfen ihr Licht auf den trockenen Asphalt. Nach ihrem lautlosen Abschied vor neun Monaten war es auch ein stilles Zurückkommen. Menschenleer war der kurze Weg bis in die Straße zu ihrem Haus. Sie gab dem Fahrer den Fahrpreis und ein Trinkgeld. Er half ihr beim Ausladen des Koffers. Als das Taxi abfuhr, schaute Katharina zum ersten Mal auf ihr gegenüberliegendes Haus.

Sie stutzte. Etwas kam ihr seltsam vor. Beim Gang über die Straße ging ihr Blick zur oberen Etage. Zuerst wollte sie es nicht glauben: Oben brannte Licht. Licht in der Küche? War ihr Vater da?

Als sie den Schlüssel in das Schloss der Haustür steckte, war diese abgeschlossen. Im Haus war nichts zu hören. Erleichtert ging sie in den Flur.

Jemand hatte offenbar vergessen, das Licht auszumachen.

Nachdem sie ihr Gepäck im Flur abgestellt und die Haustür zugemacht hatte, fiel ihr Blick auf die nach oben führende Treppe. Auf der unteren Stufe standen ein paar braune, verschmutzte Halbschuhe. Der Dreck sollte wohl nicht mit in die Wohnung getragen werden. Die gehörten aber nicht ihrem Vater. Der würde seine Schuhe sofort säubern und nicht so verdreckt stehenlassen.

Sie betrat ihre Wohnung, mit dem Gefühl, als wäre sie nie weggewesen. Alles war ordentlich aufgeräumt und von Staub befreit. Nur das Licht und die Schuhe störten den positiven Eindruck. Im Stillen dankte sie der Person, die sich darum gekümmert hatte. Nun würde sie es wieder

selbst tun.

Im Schlafzimmer stellte sie ihr Gepäck ab, zog ihre Jacke aus und öffnete die Fenster. Nachdem sie den Kühlschrank wieder eingeschaltet und ihren Einkauf darin deponiert hatte, wollte sie nach oben und dort das Licht ausmachen. Sie ging hinaus ins Treppenhaus. doch bevor sie die Treppe erreichte, hörte sie Schritte, die ihr von dort entgegenkamen. Wenige Augenblicke später hatten diese Schritte auch ein Gesicht.

Entsetzt schaute sie die Person an.

Daniel Krüger.

Sofort überkam sie wieder ein leichtes Schaudern.

»Was machen Sie denn hier?«, fragte sie mit zittriger Stimme.

Da stand plötzlich der junge Mann vor ihr, der sie vor neun Monaten oben am See fast umgebracht hatte. Wie er dort im Halbdunkeln auf der Treppe stand, war es für sie genauso beängstigend wie damals. Ihr Herz begann schneller zu schlagen und sie lehnte sich gegen die Wand.

Er machte einen Schritt zurück und hob entschuldigend beide Hände.

»Ich wohne hier. Peter hat es mir erlaubt. Tut mir leid, wenn ich Sie erschreckt habe.«

»Nanu, auf einmal so rücksichtsvoll!« Ihre Unruhe legte sich langsam und sie löste sich von der Wand. »Sollten Sie nicht in Haft sein?«

»Man hat mich vor zwei Wochen entlassen, nachdem ich mich in allen Punkten der Anklage für schuldig erklärt habe.«

»Wie edel von Ihnen«, spottete Katharina. »Doch woher dieser plötzliche Sinneswandel?«

»Das war nicht edel,« konterte er. »Das war ehrlich!«

Nach und nach kam er die letzten Stufen der Treppe hinunter, den Blick auf Katharina gerichtet.

»Ich möchte mich nur bei Ihnen entschuldigen für das, was ich Ihnen angetan habe. Vielleicht können wir uns einmal zusammensetzen und in Ruhe darüber reden?«

»Ich denke darüber nach. Sie haben mir immer noch nicht meine Frage beantwortet!«

»Meine Mutter hat viel mit mir in der Haft geredet und mir klar gemacht, dass man so nicht reagieren darf. Und die Zeit in der Haftanstalt hat mir auch zu denken gegeben.«

»Und was ist mit dem Gerichtstermin?«

»Der findet statt. Die Zeugen werden nicht mehr benötigt. Sie werden vom Gericht noch abbestellt.«

Wenigstens etwas Gutes!

»Bevor das nicht alles beendet ist, möchte ich nicht, dass wir unter einem Dach wohnen. Suchen Sie sich bitte etwas anderes!«

Daniel Krüger überlegte kurz.

»Warum sollte ich ausziehen? *Unser* Vater hat es mir erlaubt.«

»Das ist mir egal. Es sind meine Möbel und ich fühle mich weiterhin von Ihnen bedroht.«

Daniel Krüger lachte. »Wenn weiter nichts ist. Die kannst *du* gerne wiederhaben.«

Danach drehte er sich um und ging die Treppe nach oben in die Wohnung.

Katharina hörte noch, wie er oben die Wohnungstür schloss, und ging dann zurück in ihre Wohnung.

Er macht mir immer noch Angst.

Eine halbe Stunde später hörte sie plötzlich heftiges Rumpeln von oben. Als sie im Flur stand und nach oben schaute, hatte er schon einige Stühle raus gestellt. Nachdem er sie bemerkt hatte, ging er an das Treppengeländer und rief zu ihr hinunter, »Da hast du schon mal ein paar deiner Möbel. Nur das Bett brauche ich noch zum Schlafen. Gute Nacht.«

Dann war sie wieder da, ihre Angst. Sicherheitshalber schloss sie die Tür zum Flur ab. Erst als sie sich vollkommen beruhigt hatte, ging sie ins Bett und versuchte, mit einer Hand auf ihrem Bauch, sofort in den Schlaf zu finden. Ihr erster Gang würde sie morgen zeitig zu ihrem Vater führen. Und sie würde sich auch nicht auf irgendwelche Kompromisse einlassen.

Freitag, 18. Mai

28

Sie hatte vergessen, sich den Wecker zu stellen, und sah mit schläfrigen Augen, dass es bereits zehn Uhr war. Draußen versuchte die Sonne, sich durch die dunklen Wolken zu kämpfen. Nach dem Frühstück vereinbarte sie einen Termin bei ihrer Frauenärztin.

Bevor sie das Haus verließ, horchte sie nach oben. Nichts zu hören von ihrem unerwünschten Mitbewohner. Sie zog sich an und ging den vertrauten Weg zu ihrem ehemaligen Arbeitsplatz. Die wenigen Menschen, die sie dabei traf, grüßten sie freundschaftlich, stellten aber keine Fragen.

Kurz bevor sie die Firma erreichte, blieb sie stehen und ließ ihren Blick über das Gelände streifen. Vorne stand das Bürogebäude mit der darüber liegenden Wohnung. Am Ende des Grundstücks befand sich die große Produktionshalle, die im vergangenen Jahr bereits zum dritten Mal erweitert worden war. Es war schon erstaunlich, was ihr Vater aus den Anfängen gemacht hatte. Erstmals bemerkte sie, wie viel Arbeit und Herzblut darin steckte.

Ihr Herz klopfte lauter, als sie die Tür zum Büro öffnete. Frau Müller telefonierte. Sie blickte auf und lächelte, als sie feststellte, dass es Katharina war. Beide winkten sich zu und Katharina zeigte zum Büro ihres Vaters. Die Sekretärin hatte verstanden und nickte.

Katharina wartete, bis sie fertig war. Danach begrüßten sich beide herzlich.

»Es freut mich, dass du wieder da bist. Dein Vater ist nebenan«, sagte Frau Müller, stellte aber keine Fragen.

Bevor Katharina zum Büro ihres Vaters gehen konnte, öffnete sich die Tür und dieser trat heraus.

»Frau Mü ...«, dann brach er ab, als er Katharina erkannte. In seinem Gesicht war die Überraschung nicht zu übersehen.

Katharina ging auf ihn zu.

»Hallo Vater.«

»Katharina, was machst du denn hier?«

Allmählich löste sich seine Starre und er schloss seine Tochter in die Arme.

»Es ist so schön, dich wiederzusehen.«

Er entließ sie aus seiner Umarmung.

»Komm rein.«

Katharina zögerte.

»Ich wollte mich zurückmelden, und mit dir über Daniel reden.«

Peter Dreyer fasste seine Tochter an der Hand und zog sie mit in sein Büro.

»Setz dich. Warum sollten wir über Daniel reden?«

Katharina kam gleich zur Sache. Dabei versuchte sie nicht, ihre Aufregung zu verbergen.

»Ich will nicht mit ihm unter einem Dach wohnen!«

»Nun reg dich nicht so auf. Wir können doch in Ruhe darüber reden.«

»Ich will mich aber aufregen, weil ich Angst habe. Neun Monate war ich weg und wen treffe ich als Erstes? Diesen Kerl. Und dann wohnt er auch noch in meinem Haus!«

Hektisch und ohne Pause brachte sie die Worte heraus.

Peter Dreyer versuchte weiter, beruhigend auf Katharina einzuwirken.

»Ich konnte doch nicht wissen, dass du jetzt zurückkommst. Übrigens, dieser Kerl ist dein Bruder.«

Katharina entfuhr ein hysterisches Lachen.

»Wer mir so etwas antut, der ist nicht mein Bruder.«

Ihr Vater versuchte weiterhin, mit ruhiger Stimme zu ihr zu sprechen.

»Ich verstehe dich ja. Und ich werde sofort dafür sorgen, dass er noch heute umzieht. Er bekommt das leere Zimmer oben. Übrigens arbeitet er jetzt bei uns zur Probe. Schließlich ist er ausgebildeter Tischler.«

»Danke«, mehr brachte sie nicht heraus.

»Warum bist du eigentlich jetzt schon zurückgekommen, der Gerichtstermin wäre doch erst im Juli gewesen?«

Katharina überlegte kurz, ob sie schon jetzt die Wahrheit sagen sollte. Dann entschloss sie sich dazu.

»Weil ich schwanger bin und mit dir und Anja darüber reden wollte.«

Ihr Vater zuckte leicht zusammen und sein Blick wanderte etwas verwirrt von Katharinas Gesicht hinunter zu ihrem Bauch.

»Man sieht aber noch nichts!«, äußerte er sich leicht verlegen.

»Ich bin auch erst in der fünften Woche«, antwortete sie ihm mit einem Lächeln.

»Dann werde ich also Opa?«, sagte er nachdenklich. Freude darüber war in seinem Gesicht nicht zu erkennen.

»Natürlich können wir reden«, ging ihr Vater endlich auf ihre Frage ein. »Komm heute Abend zum Essen zu uns.«

»Gerne.« Katharina war froh, ihr Geheimnis gelüftet zu haben.

Sie stand auf und auch ihr Vater erhob sich von seinem Stuhl.

»Ich will noch zu den Gräbern von Mama und Maria. Bis heute Abend.«

Sie reichten sich die Hand und ihr Vater führte sie zum Vorzimmer.

»Bis heute Abend. Wir freuen uns.«

Katharina winkte Frau Müller zu, sagte »tschüss‹« und ging hinaus in Richtung Friedhof.

Auf dem Grab von Maria standen frische Tulpen, die bestimmt der Pfarrer gebracht hatte. Mit leiser Stimme, erzählte sie ihrer toten Freundin von den letzten Tagen. Sie wusste, dass sich Maria viele Kinder gewünscht hatte. Es trieb Katharina die Tränen in die Augen, wenn sie daran dachte, dass nur noch sie ein

Kind bekommen konnte. Diese Freude hätte sie allzu gerne mit ihr geteilt. Spontan beschloss sie, von nun an ihr ungeborenes Kind Maria zu nennen. Das würde ihr das Gefühl geben, ihre Freundin wäre bei ihr.

Sie wischte sich die Tränen ab und verharrte noch eine Weile am Grab ihrer Mutter. Sie würde ihr Enkelkind nie zu sehen bekommen. Aber alles, was sie Katharina beigebracht hatte, würde sie auch ihrem Kind beibringen.

Zuhause legte sie sich gleich hin. Sie war erschöpft. Das waren wohl die Veränderungen in ihrem Körper. Morgen erfuhr sie sicherlich mehr bei der Ärztin und dann wollte sie in einer Buchhandlung sich nach Babybüchern umsehen. Jetzt war aber erst einmal das Gespräch mit ihrem Vater am wichtigsten.

29

Kurz vor sechs Uhr machte sich Katharina auf den Weg zu ihrem Vater und Anja. Ihre innere Anspannung nahm zu..

Wie sollte sie beginnen? Wie würde Anja sich ihr gegenüber verhalten? Zur Beruhigung strich sie sich immer wieder über ihren Bauch. Der Gedanke an ihr Kind, an Maria, gab ihr etwas Ruhe.

Bevor sie das Haus verließ, horchte sie nach oben. Keine Geräusche und die dreckigen Schuhe waren auch verschwunden. Vielleicht war Daniel ja schon ausgezogen. Gesehen hatten sie sich seit ihrer Ankunft Gott sei Dank nicht mehr.

Obwohl Katharina einen Schlüssel hatte, klingelte sie. Nach Ertönen des Summers atmete sie noch einmal durch und ging dann die Stufen nach oben. Dort stand Anja in der offenen Tür und reichte ihr die Hand. Vor ihr stand eine schlanke Frau, deren Gesicht noch viel von ihrer Schönheit jüngerer Jahre zeigte. Sie wirkte auf den ersten Eindruck hin sympathisch.

»Herzlich willkommen. Ich freue mich, dich endlich kennenzulernen.« Anjas Begrüßung bestätigte das.

»Danke. Ich freue mich auch!«

Ihr Vater umarmte sie und bat sie, am Tisch Platz zu nehmen. Anja hatte eine kalte Platte zurechtgemacht und einen Rooibus-Tee hingestellt.

»Wir stärken uns erst einmal und danach können wir über alles reden«, sagte ihr Vater und wünschte guten Appetit.

Das Essen verlief wortkarg und es entstand der Eindruck, dass keiner zuerst eine unangenehme Frage stellen wollte. Katharina fragte nach der Firma und ob es im Dorf etwas Neues gäbe.

»Die Firma läuft problemlos und im Ort passiert sowieso nicht viel.«, war die Antwort ihres Vaters.

Als Katharina zur Wasserflasche griff, um sich nachzuschütten, stieß sie dabei ihr leeres Glas um.

»Entschuldigung.«

»Ist ja nichts passiert«, versuchte ihr Vater die Situation zu entspannen. »Wir sind eben alle ein bisschen nervös. Wir haben schon lange nicht mehr miteinander reden können.«

Anja schaute ihn an und streichelte ihm mit der Hand über seinen Handrücken. »Wenn alle fertig sind, räumen wir ab.«

»Danke, ich kann nicht mehr«, beendete Katharina für sich die Essenszeit. Peter und Anja standen auf und brachten alles in die Küche.

Nachdem der Tisch abgeräumt war, setzten sich alle drei rüber in die Couchecke. Katharina eröffnete das Gespräch.

»Hast du mit Daniel gesprochen?«, wandte sie sich direkt an ihren Vater.

»Ja, seinen Umzug habe ich veranlasst.«

»Danke!« Katharina war erleichtert.

Bisher hatte Anja nur zugehört. Sie wandte sich Katharina zu.

»Peter hat mir von deiner Schwangerschaft erzählt. Herzlichen Glückwunsch! Wie geht es dir damit?«

Katharina war froh, endlich etwas dazu sagen zu können. Sie strich sich noch einmal über ihren Bauch und begann dann zu erzählen.

»Es gibt drei wichtige Ereignisse. Erstens habe ich mich zum Studium im Herbst angemeldet, zweitens haben Erik und ich uns getrennt und drittens, wie ihr ja schon wisst, bin ich im zweiten Monat schwanger!«

Endlich war es ausgesprochen!

Stille zog durch den Raum wie Nebel über herbstliche Felder.

Peter und Anja sahen sich an. Jeder für sich sortierte die Aussage von Katharina.

Ihr Vater fand zuerst seine Stimme wieder.

»Deshalb bist du also früher zurückgekommen! Wie willst du das hinbekommen? Studium! Kind! Ohne Arbeit, ohne Geld? Ich glaube, du bist durch deinen Traum zu einer Träumerin geworden.«

Katharina war entsetzt über die Worte ihres Vaters. In ihr verstärkte sich der Eindruck, dass sich seine Einstellung ihr gegenüber nicht geändert hatte.

»Wie hast du dir das vorgestellt, hast du einen Plan?«, versuchte Anja etwas Ruhe in die Situation zu bringen.

»Ehrlich gesagt, Nein! Auf jeden Fall werde ich studieren und auch das Kind bekommen. Doch mir ist auch klar, dass das ohne Hilfe nicht funktionieren wird.«

Ihr Vater schüttelte mit dem Kopf und stand auf. Die Diskussion erregte ihn sichtbar. »Dazu habe ich einen Vorschlag. Du arbeitest ab sofort wieder in der Firma. Das Studium würde ich an deiner Stelle vergessen. Zieh dein Kind groß und verdiene Geld. Das wäre mein Ratschlag.«

Lange blickte er zu Katharina hinab, und als kein Wort über ihre Lippen kam, setzte er sich erschöpft wieder hin.

Anja schaute abwechselnd zu Peter und Katharina.

»Da muss ich deinem Vater recht geben. Zumindest solltest du dein Studium verschieben, bis das Kind in den Kindergarten kommt. Ich will dich nicht belehren, aber ich kenne die Situation aus eigener Erfahrung. Es war schwer, Daniel allein zu erziehen, ohne Geld und Job. Da blieb mir nur die Hilfe des Jugendamtes und staatliche Unterstützung.«

Katharina war schockiert. Empörung brannte sich durch ihren Körper.

»So sieht also eure Hilfe aus! Nur Ratschläge, wie sie euch passen. Ich wollte die Schwangerschaft nicht, ich wollte meinen Traum leben. Warum wollt ihr ihn mir wegnehmen?« Sie sprang auf. »Danke, auf so etwas kann ich verzichten.«

Ihr Vater war ebenfalls aufgestanden. Seine Stimme wurde lauter.

»Was hast du denn erwartet. Dass wir dir hier den roten Teppich ausrollen. Statt so kindisch zu reagieren, solltest du deinen Verstand einschalten und nicht gleich wieder weglaufen.«

Katharina ließ sich nicht aufhalten. Sie ging in den Flur, nahm ihre Jacke vom Haken und verließ die Wohnung. Dabei erinnerte sie sich an die Szene mit ihrem Vater vor neun Monaten, als sie ihm das erste Mal von ihrem Traum erzählte. Nichts hatte sich geändert.

Anja versuchte, Katharina zum Bleiben zu bewegen.

»Sei doch vernünftig. Rede mit uns. Nur so findet sich eine Lösung, nicht durch Weglaufen.«

Vergebens. Zwei ratlose Menschen schauten ihr hinterher.

Bis zu ihrer Wohnung hatte die Wut ihre Tränen verhindert. Doch dann flossen sie unaufhaltsam. Katharina ließ sie gewähren. Sie fasste sich an den Bauch und flüsterte: »*Meine kleine Maria, wir kriegen das hin!*«

30

Peter Dreyer schüttelte den Kopf. Anja Krüger fand keine Worte für das, was eben passiert war.

Sie war Katharina heute das erste Mal begegnet. Peter hatte sie ihr anders beschrieben. Gescheit, gelassen, liebenswert. Doch seit dem Tod von Maria sei sie immer aufbrausender und sturer geworden. Davon konnte sie sich heute Abend überzeugen. Vielleicht war es aber auch nur Verzweiflung, weil sie keinen Ausweg aus ihrer Situation fand.

Anja dachte an ihre erste Zeit als alleinerziehende Mutter zurück. Niemand war da, mit dem sie ihre Probleme teilen und bei dem sie Wut und Ärger rauslassen konnte. Als Folge davon kam das Abrutschen in die Depression. Jetzt war sie froh, in Peter einen liebevollen Partner gefunden zu haben. Sie fühlte sich wohl bei ihm.

Bei seiner Tochter jedoch stieß er auf Widerstand. Das machte ihn unglücklich und ließ ihn viel darüber nachgrübeln. In vielen Gesprächen nach seiner missglückten Reise nach Grinda hatten sie versucht herauszufinden, wie es besser werden könnte. Da wussten sie noch nichts von der Schwangerschaft und der Rückkehr Katharinas.

In ihm hatte sich die Meinung festgesetzt, das Beste für seine Tochter wäre, in der Firma weiterzuarbeiten, sich weiterzubilden, um den Betrieb später einmal übernehmen zu können. Das war sein Traum. Auch noch, als Anja und Daniel in sein Leben getreten waren.

Den Traum von Katharina hielt er für ein Fantasiegebilde. In ihm war aber auch die Angst, dass seine Arbeit für die Firma umsonst gewesen sein könnte. Im Moment konnte er sich nicht vorstellen, die Firma einmal Daniel zu übergeben.

»Ihr seid beide solche Dickschädel«, unterbrach Anja die Stille. »Jeder hat seine Meinung und ignoriert die des anderen.«

»Ich will ihr ja helfen und kann es nur wiederholen. Sie soll wieder in der Firma arbeiten, dann hat sie Geld und kann ihr Kind großziehen. Du hast es doch auch geschafft.«

Er setzte sich zu Anja auf die Couch und nahm sie in den Arm.

»Alles könnte so erfreulich sein. Ich habe wieder eine tolle Frau an meiner Seite, werde

Großvater und die Firma entwickelt sich fast mühelos weiter!«

»Es gibt nicht nur die schönen Seiten, wo alles so mühelos ist«, entgegnete ihm Anja. »Nur wer die Hürden des Lebens meistert, der kann sein Glück genießen. Das gilt für dich und für Katharina. Diese Lektion musste ich auch erst lernen.«

»Ich möchte nicht, dass sie in ihr Unglück rennt.«

»Gib ihr Zeit«, mahnte Anja. »Ich bin sicher, sie wird zu dir kommen, wenn es schwierig wird oder bestenfalls, wenn sie es geschafft hat.«

Peter Dreyer war sich nicht sicher, ob das schon die Lösung aller Probleme war. Diese Sache würde ihm noch viele schlaflose Nächte bereiten.

Samstag, 19. Mai

31

Wieder einmal hatte sie sich von ihrem Vater im Streit getrennt. Inzwischen war ihr klar, dass zwei Menschen aufeinanderprallten, von denen jeder seine eigene Meinung hatte und keiner davon abrücken wollte. Dass Anja zu ihm hielt, war nicht anders zu erwarten gewesen.

Oder denke ich zu egoistisch?

Sie musste ihrem Vater beweisen, dass sie es allein schaffen konnte. Wobei sie noch nicht wusste wie! Da ihre Ersparnisse nicht ewig reichen würden, musste sie Geld verdienen.

Das größte Problem war aber die Geburt ihres Kindes während des Studiums und wer sie bei der Betreuung unterstützen könnte. Dennoch wollte sie im Herbst beginnen und ihren Traum nicht noch weiter hinausschieben.

Sie legte beide Hände auf den Bauch und sagte so ihrer *kleinen Maria* guten Morgen. Dann stand sie auf und sah mit Freude, dass die Sonne nach und nach in den Tag hineinspazierte. Das unterstützte ihren Plan, nach dem Besuch bei Marias Eltern hinauf zum See zu gehen.

Als sie das Haus verließ, schickte die Sonne bereits ihre kraftvolle Wärme hinab zur Erde. Das gefiel ihr und sie fühlte sich wohl auf dem kurzen Weg zum Pfarrhaus.

Wie immer wurde sie herzlich von Marias Vater begrüßt und auch Marias Mutter im Rollstuhl zeigte ein kleines, schiefes Lächeln.

»Wir sind zufrieden und haben unser Schicksal angenommen«, sagte ihr der Pfarrer. »Nun erzähl uns ein bisschen von dir.«

»Das ist kurz erzählt. Ich hatte eine schöne Zeit in Schweden. Dann hab ich mich von meinem Freund getrennt, bin jetzt schwanger und warte auf meine Zulassung zum Studium.« Sie seufzte und zog die Augenbrauen nach oben.

Der Pfarrer konnte sich ein kurzes Lachen nicht verkneifen.

»Das hast du zügig und präzise zusammengefasst. Ich habe verstanden, du stehst vor großen Problemen.«

Nun musste Katharina lachen.

»Jetzt hast du es auf den Punkt gebracht. Und mein Vater will, dass ich sofort wieder in der Firma arbeite.« Sogleich schlug ihr Puls schneller. »Darüber haben wir gestern Abend heftig gestritten. Ich bin wieder davon gerannt, wie schon einmal.«

Marias Mutter hatte versucht, das Gespräch mitzuhören. Vor lauter Anstrengung war sie jedoch eingenickt.

Der Pfarrer stand auf und zog seiner Frau die Decke über die Beine. Dann schaute er Katharina lange an.

»Wir kennen uns schon so lange und du bist für uns wie eine zweite Tochter. Was ich dir raten könnte, sind alles nur leere Worte: Lass dich nicht beirren. Sei konsequent. Lebe deinen Traum. Es gibt bestimmt eine Lösung.«

Wieder machte er eine kleine Pause.

»Hilft dir das von mir Gesagte weiter? Wohl kaum. Meine Erfahrung ist: Vertrau auf Gott. Auch wenn wir sein Handeln nicht immer verstehen.«

Er blickte auf seine immer noch schlafende Frau.

»Wir werden ihm nie verzeihen, dass er uns Maria weggenommen hat und ihre Mutter im Rollstuhl ihren Lebensabend zubringen muss. Aber das hat uns noch enger zusammengeschweißt. Wir sind auf eine besondere Art glücklich.«

Katharina stand auf, ging zum Rollstuhl und gab Marias Mutter einen leichten Kuss auf die Stirn, ohne dass diese aufwachte. Danach umarmte sie Marias Vater mit feuchten Augen.

»Danke! Ich wünsche euch eine lange und zufriedene gemeinsame Zeit. Wenn ich das nächste Mal komme, kann ich euch sagen, was es wird. Junge oder Mädchen. Wird es ein Mädchen, nenne ich sie Maria. Versprochen!«

»Das freut uns sehr, dass du unserer Maria damit einen Platz in deinem Leben gibst.«

»Und wie nennst du das Kind, wenn es ein Junge wird«?, fragte der Pfarrer.

»Dann wird sein zweiter Vorname Maria sein.«

Er lächelte.

Hier herrscht eine ruhige und friedliche Atmosphäre.

Das wünschte Katharina sich auch für ihre Familie.

32

Nach dem emotionalen Besuch bei Marias Eltern, saß Katharina seit zwei Stunden am See. Jeder Moment der damaligen Ereignisse stieg in ihr auf wie ein Drachen im Wind.

Der Schlüssel auf dem Bootssteg, das rote Auto auf dem Parkplatz, Marias Körper im Schilf. Es war der Beginn ihres Traums, aber auch der Beginn eines komplizierten Lebens.

Wird das Ganze zum Albtraum?

Wo fange ich an, um wieder in die richtige Spur zu kommen?

Katharina beschloss, eine Runde um den See zu laufen. Während sie aufstand, hörte sie plötzlich eine männliche Stimme hinter sich.

»Ein Geist, oder bist du es wirklich?«

Spontan drehte sie sich um.

»Sie ist es wirklich! Hallo Katharina!«

Vor ihr stand Michael. Verschwitzt, in kurzer Hose, ein Handtuch um den Hals, aber ein einnehmendes Lächeln um die Lippen.

In dieser Aufmachung erinnerte er sie an Erik nach einem Tennisspiel. Aber dieser Gedanke entschwand sofort wieder.

»Hallo Michael! Immer noch so sportlich?«

»Seit wann bist du zurück?«

»Seit Freitag. Es hat sich so ergeben.«

Mehr wollte sie ihm im Moment nicht erzählen. Sie erinnerte sich daran, dass sie bei ihrem letzten Treffen im Streit auseinandergegangen waren.

»Setzen wir uns? Oder wolltest du jetzt gehen?« Dabei wischte sich Michael den Schweiß aus dem Gesicht.

»Ich wollte eine Runde um den See laufen«, antwortete Katharina.

»Dann gehe ich bis zum Parkplatz mit. Von da laufe ich zurück ins Dorf.«

»Okay!«

Wenn sie ehrlich zu sich war, freute sie sich sehr, ihn getroffen zu haben. Wenn er auch im Moment nicht den attraktivsten Eindruck machte. Sein Lächeln gefiel ihr.

»Ich habe oft an dich gedacht, doch keiner wusste etwas Genaues von dir. Dein Vater wollte nicht darüber reden, als er aus Schweden zurückkam.«

»Ja, das ist nicht so besonders gelaufen«, bestätigte Katharina.

»Wir beide sind ja auch nicht im Guten auseinander. Mein Verhalten war ziemlich egoistisch und unbedacht«, sprach Michael noch einmal das Treffen an, als er ihr riet, ihren Traum zu vergessen, in der Firma zu bleiben und eine Familie zu gründen.

»Das hat mich sehr verletzt.«

Michael blieb stehen.

»Das verstehe ich.« Seine Worte wurden kräftiger, beschwörender. »Wann hast du Zeit, damit wir darüber reden können?«

Katharina überlegte nur kurz.

»Komm doch morgen Nachmittag zu mir. Drei Uhr?«

»Einverstanden«, gab Michael erleichtert seine Zustimmung.

»Ich renn dann mal nach Hause, bevor ich mich noch erkälte, bis morgen!«

Und schon war er hinter dem Busch auf dem Weg zum Dorf verschwunden.

»Bis morgen«, rief Katharina ihm nach, bezweifelte aber, dass er ihre Worte noch gehört hatte.

Nach ihrem Rundgang setzte sich Katharina noch einmal vor die Hütte. Die Begegnung mit Michael war ihr die ganze Zeit nicht aus dem

Kopf gegangen. War es Zufall, dass Michael auftauchte, während sie an der Hütte saß?

Ihre Gedanken gingen zurück zum Besuch im Pfarrhaus. Hatte Marias Vater gebetet und Gott hatte ihr Michael geschickt? Vielleicht war er ja in ihrer jetzigen Situation der beste Gesprächspartner für sie. Er konnte zuhören und fand fast immer die richtigen Worte.

Bis auf das eine Mal.

Sie musste schmunzeln. Er schien es ja in der Zwischenzeit bereut zu haben.

Auf dem direkten Weg ging sie zurück ins Dorf. An ihrem Haus angekommen, wollte Daniel dieses soeben verlassen.

»Bin schon weg«, rief er ihr zu. »Habe noch die letzten Sachen abgeholt.«

Er eilte den Eingang hinunter und verschwand zwischen den Häusern.

33

Katharina nahm ein Buch aus ihrem Regal, um den Tag in aller Ruhe ausklingen zu lassen und sich ein wenig abzulenken. Plötzlich klopfte es an der Flurtür.

Ungehalten über die Störung ließ sie das Buch zu Boden fallen, wandte sie sich vom Regal ab und öffnete. Es war Daniel. Mit ihm hatte sie nicht gerechnet. Sofort fing ihr Herz wieder schneller an zu schlagen.

»Entschuldige, dass ich ohne Anmeldung komme. Ich würde gerne mit dir reden.«

Katharina ignorierte seine zur Begrüßung hingehaltene Hand.

»Ich dachte, wir hätten uns am Nachmittag zum letzten Mal gesehen?«

Sie blieb vor ihm in der Tür stehen, obgleich sie den Eindruck hatte, er würde gerne hereinkommen. Ihr wieder aufkommendes Angstgefühl ließ das nicht zu. Gleichzeitig versuchte sie, sich nichts anmerken zu lassen.

»Was gibt es?«, fragte sie misstrauisch.

»Ich möchte mich wirklich aufrichtig bei dir entschuldigen. Es war eine nicht wieder gutzumachende Tat von mir. Die Lage meiner

Mutter und mir hatte mich über die Jahre wütend gemacht. Da war jemand, der hatte mehr Geld als wir, aber noch nie einen Cent Unterhalt gezahlt.«

Daniel wirkte niedergeschlagen und seine Stimme klang bedrückt. Katharina fiel auf, dass er vorhin noch völlig anders aufgetreten war. Ein Grund für sie, noch vorsichtiger zu sein.

»Und deswegen hast du *mich* überfallen?« Das *mich* betonte sie besonders.

Daniel versuchte es, zu erklären. »Ich glaubte, wenn ich dir etwas antue, dann würde ihn dies besonders treffen.«

»Und jetzt soll ich das alles vergessen und dir vergeben?«

Sie war sich immer noch nicht sicher, ob er es ehrlich meinte, oder nur ihr Mitleid erregen wollte.

»Wenn der Prozess war und meine Strafe verbüßt ist, dann hoffe ich, ein normales Leben zu führen und dass wir könnten normal miteinander umgehen.«

»Dann gib alles«, war ihre zynische Antwort.

Daniel drehte sich um, ging hinaus, während Katharina die Tür hinter ihm schloss. Danach ging sie zurück zum Bücherschrank und hob das Buch auf. Es war diesmal kein Krimi, sondern die Geschichte einer Familie, »*Die Barrings*«. Ein dreibändiges Epos von William von Simpson. Es handelte von dem Schicksal einer Familie, die vom Zerfall bedroht war.

Als kleines Mädchen hatte sie sich immer vorgestellt, wie es wäre, einen Bruder an ihrer Seite zu haben. Jetzt hatte sie einen. Aber um eine komplette ›Familie zu sein, würde noch viel Zeit vergehen.

Noch bin ich nicht dazu bereit!

Sie löschte das große Licht an der Decke, knipste die Stehlampe am Sofa an und begann zu lesen.

Schon im dritten Kapitel gab es einen Konflikt, wie sie ihn selbst im Moment ausfechten musste. Der Vater verbot seiner Tochter die Hochzeit mit einem jungen Mann, den er nicht mochte. Dabei nahm er keine Rücksicht auf die Gefühle seiner Tochter. Ihr verbot der Vater ihren Traum zu leben, ohne Rücksicht auf seine Tochter. Sie war gespannt, wie sich in dem Buch die Uneinigkeit lösen würde.

Später, als sie das Licht wieder ausmachte, hatte die Tochter noch nichts bei ihrem Vater erreicht.

Sonntag, 20. Mai

34

Katharina saß im Morgenmantel und mit einer heißen Tasse Kaffee vor sich am Frühstückstisch. Die morgendliche leichte Übelkeit hatte sie bereits hinter sich. Sie wollte einen ruhigen und entspannten Sonntagvormittag verbringen, nur den Gedanken nachhängen.

Wieder einmal grübelte sie darüber nach, wann Erik und sie vergessen hatten zu verhüten, sodass sie schwanger geworden war.

Bestimmt nach seiner Rückkehr von einem Turnier Ende März.

Und jetzt bin ich in der siebten Woche. Sie legte die Hände auf den Bauch.

Wann werde ich die erste Bewegung meiner kleinen Maria spüren?

Morgen, nach dem Besuch bei der Ärztin, würde sie bestimmt mehr erfahren.

Mit Daniel hatte sie gestern Abend erst einmal alles geklärt. Nach seiner Verhandlung und der Verbüßung seiner Strafe, konnte sie erneut über einen Kontakt zu ihm als Stiefbruder nachdenken. Bis dahin würde die Angst vor ihm noch nicht überwunden sein.

Am Nachmittag gab es die zweite Chance, alte Wunden zu schließen und einen Neuanfang zu wagen. Michael würde sie besuchen.

Ein überraschender Gedanke verfolgte sie plötzlich. Sie schaute auf ihren Bauch.

Wäre Michael ein guter Vater?

Er war in der Zeit ihres Zusammenseins immer liebevoll und zärtlich mit ihr umgegangen. Sie hatte sich bei ihm wohlgefühlt. Und er wollte eine Familie. Das hatte er mit seiner Aussage kurz vor ihrer Abreise angedeutet.

Lass dass!

Sie wollte sich nicht gleich wieder in etwas verrennen, was später in einer Enttäuschung enden würde. Es sollte ein unbefangenes Gespräch werden.

Sie stand auf, stellte die Tasse in die Spüle und zog sich an. Als sie nach draußen trat, empfing sie bereits die Sonne. Spontan wollte sie hinauf zum See und dort ohne Anstrengung eine Runde drehen, um den Kopf freizubekommen.

35

Es war kurz vor drei, als Katharina die Kaffee-maschine anstellte. Die Freude auf den Besuch von Michael war noch genauso groß wie gestern.

Mitten in die Vorbereitungen hinein, klingelte es. Nach dem Öffnen der Tür hielt ihr Michael gleich einen bunten Frühlingsstrauß entgegen.

»Danke für die Einladung!«

»Ich freue mich, dass du da bist!« Dabei verspürte sie ein leichtes Kribbeln im Bauch.

Nach dem Schließen der Haustür nahm sie ihn an die Hand und führte ihn ins Wohnzimmer. Sie legte den Strauß auf den Tisch und umarmte ihn. Zögernd legte er seine Hände auf ihren Rücken und drückte sie vorsichtig an sich. Für einen Augenblick schloss sie die Augen und genoss seine körperliche Wärme. Dann löste sie sich von ihm und griff nach den Blumen.

»Die brauchen dringend Wasser und eine Vase«, sagte sie schnell und verschwand in der Küche.

Amüsiert registrierte Michael ihre Verlegenheit und die leicht geröteten Wangen.

»Eine seltene Mischung«, sagte Katharina, als sie mit den Blumen in der Vase zurückkam.

»Hat mir die Floristin empfohlen. *Freesien, Islandmohn* und *Tulpen*. Sie meinte, es sei ein Strauß voller Energie und Lebenslust.«

Katharina stellte die Vase auf den Tisch. Dann ging sie auf ihn zu und gab ihm einen Kuss auf die Wange.

»Danke«.

»Sehr gerne«, antwortete Michael und beide setzten sich an den gedeckten Tisch. Katharina goss Kaffee ein und legte ihm ein Stück von dem gefüllten Streusel-Apfelkuchen auf den Teller.

»Selbst gekauft«, sagte sie lachend. »Ich bin eine miserable Bäckerin.«

Michael grinste sie an. Dann nahm er ein Stück und biss vorsichtig hinein.

»Wie selbst gebacken. Ausgezeichnet gekauft.«

Schließlich begann Michael die Unterhaltung mit einer Frage.

»Warum bist du so plötzlich zurückgekommen?«

Katharina hielt einen Moment inne. Sie wollte ihm gleich den wichtigsten Grund nennen.

»Ich bin schwanger.«

Michael musste erst einmal kräftig schlucken. Das war eine echte Überraschung.

Katharina schaute ihn an.

»Genügt dir das als Grund?«

Michael schüttelte ungläubig den Kopf.

»O ja. Du bist schwanger?« Es klang, als hätte er immer noch Zweifel.

»Ich bin etwa im zweiten Monat.«

Michael schwieg erst einmal wieder und starrte auf die Blumen.

»Trinkst du noch Kaffee, oder willst du lieber einen Schnaps auf den Schreck?«, fragte ihn Katharina mit einem Grinsen im Gesicht.

»Besser einen Schnaps.«

Während Katharina eine Flasche und ein Glas aus dem Schrank holte, fragte Michael nach.

»Ist Erik der Vater?« Den Namen sprach er in einem verächtlichen Ton aus.

Sie schenkte ihm ein.

»Ja. Und jetzt kein weiteres Wort mehr über ihn.« Katharina wollte nicht, dass Erik weiter zwischen ihr und Michael ein Thema war.

Sie prostete ihm mit der Kaffeetasse zu.

»Ich kann mich nicht mehr mit der Vergangenheit beschäftigen. Mein Blick muss nach vorn gerichtet sein, zu meinem zukünftigen Leben mit meinem Kind.«

»Das wird nicht leicht für dich! Hast du schon überlegt, wie es weitergeht?« Egal, wie ihre Antwort ausfiel, er würde ihr gerne helfen.

»Ich weiß, was ich will. Ich will das Kind und das Studium, jedoch auf keinen Fall mehr in der Firma arbeiten.«

Michael zeigte sich kaum überrascht und gleichzeitig skeptisch.

»Das mit der Firma kommt mir sehr bekannt vor. Es klingt zumindest nach einem Plan. Weißt du aber auch, wie das funktionieren soll?«

Katharina lachte auf.

»Du bist ein Scherzkeks. Natürlich nicht!«

Der nächste Gedanke ließ das Lachen sofort verschwinden und ihr Sorgenfalten auf die Stirn zeichnen.

»Ich habe wirklich keine Ahnung. Ich weiß nur, dass Geld mir schon mal weiterhelfen würde.«

»Das bedeutet aber, dass du arbeiten musst«, erklärte ihr Michael. »Und wo kommt ...«

Katharina unterbrach ihn mit leidenschaftlicher Stimme.

»Kein Wort mehr! Ich gehe nicht zur Firma zurück. Basta!«

Michael erschrak nach dieser heftigen Reaktion. Sie tat ihm leid. Doch wie sollte das mit der Hilfe funktionieren, wenn sie keinen Rat annahm?

Als Michael die ersten Tränen auf Katharinas Gesicht sah, stand er auf, ging zu ihr hin und legte eine Hand auf ihre Schulter.

»Tränen erleichtern, aber sie bringen keine Lösung.«

Er beugte sich zu ihr hinunter und küsste sie leicht auf die Stirn.

»Ich möchte dir gerne helfen, wenn du es zulässt. Gib mir die Chance, meinen dummen Spruch von damals wieder gutzumachen. Es tut mir leid, dass ich gesagt habe, *dass dein Vater in der schwierigeren Situation ist und du die Sicherheit nicht aufgeben solltest.*«

Katharina stand auf und umarmte ihn. Fast schien es, als wolle sie ihn nicht mehr loslassen.

»Es ist alles in Ordnung! Ich würde mich über deine Unterstützung sehr freuen.«

Sie wischte die letzte Träne aus ihren Augen und ließ ein kleines Lächeln um ihre Lippen erkennen.

»Ich schütte uns noch Kaffee ein und dann machen wir es uns in den Sesseln gemütlich.«

»Was hast du dir überlegt, wie du Geld verdienen kannst?«, setzte Michael die Unterhaltung am neuen Platz fort.

»Ich wollte in den Buchhandlungen in der Stadt nachfragen. Mit Büchern sollte es schon etwas sein. Auch wenn man da nicht viel verdient.«

Katharina war bemüht, ernsthaft weiterzudenken.

»Dann brauche ich auch jemanden zur Betreuung des Kindes, wenn ich studiere.«

Michael stützte den linken Ellbogen auf den Couchtisch und ließ seine Stirn in der Hand versinken.

»Ich fürchte, du wirst ohne Hilfe deines Vaters nicht weiterkommen.«

Diese nicht neue Erkenntnis wurde von Katherina unversöhnlich abgelehnt.

»Von ihm und auch von Anja höre ich nur Ratschläge. Aber keine konkrete Hilfe.«

»Entschuldige, dass ich den Namen doch noch einmal erwähne, aber was ist mit Erik? Er muss doch Unterhalt zahlen.«

Katharina gab ihm recht. »Aber er muss erst zahlen, wenn das Kind da ist. Das hilft mir im Moment auch nicht. Wenn gar nichts geht, muss ich eben etwas von meinem Schmuck oder den Möbeln verkaufen.«

Die Ratlosigkeit in Katharinas Stimme war nicht zu überhören.

»Du musst noch mal mit deinem Vater reden. Wenn du willst, bin ich gerne dabei und vermittle. Ich habe einen guten Draht zu ihm, besonders, seitdem er mich zum Werkstattleiter befördert hat.«

Katharina war überrascht.

»Das wusste ich noch gar nicht. Herzlichen Glückwunsch.«

»Und, was sagst du dazu, wenn ich dabei wäre?«

»Das ist okay, eine andere Lösung weiß ich im Moment auch nicht. Dann frag ihn nach einem Treffen und sag mir Bescheid. Ich glaube aber nicht an ein Wunder.«

»Warte es ab«, versuchte Michael ihr Mut zu machen.

Katharina sah ihn mit müden Augen an.

Michael erkannte, dass es ihr alles zu viel auf einmal war. Er schaute auf seine Armbanduhr.

»Ich muss jetzt leider los. Um sechs bin ich noch mit einem Kumpel verabredet.«

Beide standen fast gleichzeitig auf. Katharina ging auf ihn zu.

»Danke! Ich bring dich noch zur Tür.«

Jetzt war es Michael, der sie spontan umarmte. Beide lächelten sich zu und gingen dann wortlos auseinander.

Als Katharina die Tür hinter ihm zugemacht hatte, blieb sie stehen und spürte der Wärme in ihr nach. Sie fühlte sich wohl in seiner Nähe. Seine ruhige und besonnene Art tat ihr gut. Und die würde sie in der nächsten Zeit auch gebrauchen können.

Montag, 21. Mai

36

Die notwendigen Untersuchungen hatte Katharina hinter sich. Jetzt saß sie vor dem Schreibtisch der Ärztin, die soeben die letzten Eintragungen in den Mutterpass machte.

»Wir haben jetzt die wichtigsten Daten«, wandte sie sich wieder Katharina zu. »Alles in Ordnung!«

Ihr freundlicher und zufriedener Blick unterstrich ihre Aussage.

»Jetzt erläutere ich Ihnen noch das Wesentliche.«

Katharina versuchte, konzentriert zuzuhören.

»Der Embryo ist im Fruchtwasser zu sehen, ebenso der Herzschlag. Es wird keine Mehrlingsgeburt. Ob es Fehlbildungen gibt, ist jetzt noch nicht erkennbar.«

Katharina atmete hörbar einmal durch.

»Das klingt erfreulich. In welcher Woche bin ich denn jetzt?«

Die Ärztin blätterte kurz in den Unterlagen.

»Circa siebte Woche. Es ist aber noch ein langer Weg bis zum Entbindungstermin. Der liegt so etwa um den siebten Januar herum.«

Katharina beschäftigte noch eine wichtige Frage.

»Wann kann ich denn das erste Mal sehen, ob es ein Junge oder ein Mädchen wird?«

»Im Juni haben Sie den nächsten Termin. Bis dahin sind alle Organe angelegt und Ohren, Nase und Zehen entwickelt.«

Katharina bedankte sich bei der Ärztin und ließ sich von der Sprechstundenhilfe einen Termin für den 11. Juni geben.

Nach dem Verlassen der Praxis atmete sie erst einmal den Duft des sonnigen Frühlingstages ein. Sie war glücklich. Ihr Kind ließ sie für einen Moment die anstehenden Probleme vergessen.

37

Zufrieden lag Katharina auf ihrer Couch und ließ ihren Gedanken freien Lauf. Lächelnd dachte sie an das Gespräch mit ihrer Ärztin zurück.

Es wird ein Neujahrskind.

Wichtiger war, dass im Moment alles in Ordnung war und es hoffentlich auch so bliebe.

Natürlich muss ich auch etwas dafür tun.

Sie nahm sich vor, täglich einen Spaziergang zu machen und oben am See schwimmen zu gehen. So wie sie es oft mit Maria getan hatte.

Jetzt gehe ich wieder mit Maria schwimmen.

Sie stand auf und tänzelte übermütig durch die Stube.

Um etwas ruhiger zu werden, beschloss Katharina, ihren Vorsatz direkt umzusetzen, zu den Gräbern ihrer Mutter und Maria zu gehen, und danach hinaus in die aufblühende Natur.

Eben wollte sie ihre Schuhe anziehen, als es klingelte.

Widerwillig ging sie hinaus in den Flur und öffnete die Haustür. Ihr Körper erstarrte und sie schaute ungläubig auf die Person, die vor ihr stand. Am liebsten hätte sie die Tür sofort wieder verschlossen.

»Erik! Was willst du denn hier?«, fragte sie entgeistert.

»Was für eine Begrüßung!«, sagte Erik schnippisch.

»So, wie du sie verdient hast.«

Erik trat in den Flur und wollte Katharina umarmen.

»Lass das!« Sie trat einen Schritt zurück. »Für so etwas hast du ja jetzt deine Kristin!«

Die Bemerkung zu seiner neuen Freundin konnte sie sich nicht verkneifen.

»Natürlich können wir uns auch hier unterhalten.«, sagte er trotzig, und setzte sich auf die Treppe, die zum oberen Stockwerk führte.

Katharina verschränkte die Arme vor ihrer Brust.

»Also, was willst du?«

»Zunächst. Sie ist nicht mehr meine Kristin.«

Katharina lachte zynisch.

»Sie hat also auch erkannt, was für ein mieser Kerl du bist!«

Ihr wurde warm. Der Ärger auf ihn nahm zu.

»Und was habe ich damit zu tun?«

»Ich möchte wissen, wie es mit uns und dem Kind weitergeht.«

Katharina blieb die Luft weg. Bei so viel Unverschämtheit vergaß sie fast das Atmen. Es dauerte, bis sie sich wieder etwas beruhigt hatte.

»Mit uns und dem Kind geht gar nichts weiter, merk dir das. Wenn es geboren ist, zahlst du brav deinen Unterhalt und dann kannst du sie auch besuchen. Aber mich lass aus dem Spiel.«

Nahezu hilflos stand er auf und startete den nächsten Versuch.

»Reg dich doch nicht so auf. Wir können doch in Ruhe reden.«

Katharina spürte eine neue Hitzewelle in sich aufsteigen.

»Ich will mich aber aufregen! Du kannst doch nicht von Frau zu Frau springen, wie es dir passt. Benutz doch mal dein bisschen Verstand und denke darüber nach, wie du die Frauen behandelst!«

Während Katharina eine Pause machte, wusste Erik nicht, wie er darauf reagieren sollte.

»Fahr nach Hause«, schlug sie ihm vor. »Ich melde mich, wenn das Kind geboren ist. Doch dann erst einmal telefonisch. Nur zu deiner Information: Der Geburtstermin ist im Januar!«

Erik stand auf und ging wortlos durch die immer noch geöffnete Haustür. Dann drehte er sich noch einmal um.

»War das jetzt deine Rache, weil ich dich verlassen habe?« Sein Gesicht war hochrot vor Wut. »Nach diesem Auftritt bin ich froh, dass ich es getan habe. Hysterische Weiber kenne ich genug.«

Kurz bevor er sein Auto erreichte, trat er gegen eine der Mülltonnen.

Katharina schloss sofort die Tür und blieb im Flur stehen. Draußen hörte sie den Motor seines Wagens aufheulen und ihn mit quietschenden Reifen losfahren.

Vorsichtig drehte sie sich um. Ihr war schwindelig, deshalb hielt sie sich an der Wand auf dem Weg zurück in ihre Wohnung fest. Dort setzte sie sich in einen Sessel und wartete, bis das Zittern aus ihrem Körper gewichen war.

Dann meldete sich die erste Träne. Katharina schluckte kräftig.

Nein, ich will nicht weinen!

Der Kerl war keine einzige Träne mehr wert. Um sich abzulenken, strich sie über ihren Bauch.

Ich glaube daran, dass du ein Mädchen wirst! Bald wird es das erste Bild von dir geben.

Ab sofort war auch das Kapitel mit Erik für sie endgültig abgeschlossen. Ihr Weg nach vorne würde trotzdem nicht frei von Stolpersteinen sein. Doch sie hatte inzwischen gelernt zu kämpfen.

Sie stand auf, zog sich an und startete ihren Spaziergang.

Dienstag, 22. Mai

38

Endlich hatte sich Michael telefonisch bei Katharina gemeldet. Ihr Vater und Anja waren bereit, noch einmal mit Katharina zu reden. Sie hatten auch nichts dagegen, dass Michael dabei sein wollte. Das Treffen würde auf neutralem Boden, wie Michael es nannte, um zwanzig Uhr bei ihm stattfinden.

Damit sie bis dahin nicht untätig herumsitzen musste, hatte Katharina einige Buchhandlungen angerufen. In keiner von ihnen wurde eine Aushilfe gebraucht. Zwei Buchhandlungen standen jetzt noch auf der Liste. Darunter eine in der nahen Kleinstadt. Sie hatte den hübschen Namen *Lies mich*. Katharina verspürte jedoch keine große Lust auf weitere Absagen und verschob den Anruf auf später.

Bereits gegen halb acht machte sich Katharina auf den Weg zu Michael. Er empfing sie mit einer kurzen Umarmung und einem aufmunternden Lächeln. Als sie ihm von dem unangenehmen Besuch von Erik erzählte, stieg der Ärger wieder in ihr auf.

Michael hörte schweigend zu.

»Weiter will ich nicht darüber reden«, erklärte sie ihm, »es gibt Wichtigeres zu tun. Und damit das klar ist. Ich werde nicht von meiner Meinung gegenüber meinem Vater abweichen.«

»Lass alles auf dich zukommen«, versuchte Michael sie zu beruhigen. »Ich kann mir nicht vorstellen, dass dein Vater dir schaden will.«

»Das hoffe ich doch«, erwiderte sie.

Kurz vor acht Uhr waren Peter und Anja da. Es gab eine kurze distanzierte Begrüßung mit Handschlag.

Als Erster entschloss sich Katharinas Vater, etwas zu sagen. Er schaute seine Tochter direkt an.

»Ich vermute, du willst weiterhin nicht in der Firma arbeiten.«

»Deine Vermutung stimmt«, gab ihm Katharina eine schnelle Antwort und setzte sich aufrecht hin.

»Aber du brauchst ja Geld. Mit deinem Ersparten wirst du dich und dein Kind nicht lange ernähren können.«

»Das stimmt. Ohne Geld wird es schwierig. Ich versuche, in einer Buchhandlung einen Aushilfsjob zu bekommen, aber ... «

»... aber das ist nicht so leicht«, unterbrach sie ihr Vater.

Peter schaute dann zuerst zu Michael, dann zu seiner Tochter.

»Hör mir mal bitte in aller Ruhe zu. Ich liebe dich und ich freue mich sehr darauf, bald Opa zu sein. Anja und ich haben uns lange darüber unterhalten, wie wir dir helfen können.«

Er machte eine Pause und holte erst einmal Luft.

»Wir machen dir folgenden Vorschlag. Du bekommst von mir monatlich eine feste Summe, über den Betrag können wir reden. Dafür erklärst du dich bereit, monatlich ein paar Stunden im Büro auszuhelfen.«

Wieder machte er eine Pause, als warte er auf eine Reaktion von Katharina. Doch diese starrte ihn nur stumm an.

»Was Anja betrifft, so hat sie dir auch etwas zu sagen.«

Katharinas Blick wechselte zu der Lebensgefährtin ihres Vaters. Diese begann dann auch gleich, Katharina direkt anzusprechen.

»Ich bin noch nicht so lange bei euch, doch ich wünsche mir sehr, dass wir bald ein gutes und freundschaftliches Verhältnis zueinander haben werden. Ich biete dir an, dass ich mich um dein Kind kümmere, wenn du an der Uni bist. Wie das im Einzelnen werden soll, besprechen wir noch.«

Jetzt lagen die Vorschläge auf dem Tisch. Ab diesem Moment zog sich eine lange Stille durch den Raum. Es lag nun an Katharina, etwas dazu zu sagen. Doch sie war zu überrascht von dem, was ihr Peter und Anja vorgeschlagen hatten.

Auf der einen Seite hatte sie finanzielle Sicherheit und eine Betreuung für ihr Kind. Das wollte sie. Doch dafür sollte sie in der Firma aushelfen, wenn auch nur für ein paar Stunden. Sie musste sich hier und jetzt entscheiden.

Alle Blicke waren auf sie gerichtet. Michael hatte nur den einen Gedanken, *hoffentlich nimmt sie an.*

Endlich war Katharina bereit, zu antworten.

»Ich danke euch für eure Vorschläge, um mir zu helfen. Es kommt eine Zeit auf mich zu, die nicht ohne Schwierigkeiten sein wird. Für mein Kind will ich nur das Beste. Allein werde ich es wohl kaum schaffen. Folglich, lange Rede, kurzer Sinn. Ich nehme euer Angebot und eure Hilfe an. Es fällt mir wirklich nicht leicht und es ist gegen meine Überzeugung. Aber ich sehe für mich und das Kind im Moment keinen anderen Weg.«

Die Erleichterung bei Peter, Anja und Michael machte sich durch einen kurzen Beifall für Katharinas Entscheidung bemerkbar.

Der Abend endete in Zufriedenheit. Katharina bekam die Gelegenheit, von ihrer Zeit auf Grinda zu erzählen, wobei sie die Zeit mit Erik nur kurz erwähnte. Ihr Vater und Anja erzählten von ihrem Wunsch auf ein harmonisches Zusammenleben. Die Probleme mit Daniel würden sie schon gemeinsam lösen.

Mittwoch, 23. Mai.

39

Katharina lag noch im Bett am Ende einer unruhigen Nacht. Diesmal waren nicht ihre Sorgen daran schuld. Nein, es war die Vorfreude auf die kommende Zeit mit ihrem kleinen Baby.

Wieder einmal erzählte sie dem kleinen Geschöpf, was es hier in ihrer neuen Welt erwartete. Eine Mutter, die es sehr lieben würde, Menschen, die sich schon sehr auf es freuten. Und einen Vater in Schweden, den ihre einmal sehr geliebt
hatte.

Jetzt wird es aber Zeit, aufzustehen, schimpfte sich Katharina, mit dem Blick auf den Wecker.

Heute wollte sie wieder schwimmen, oben am See. Die Sonne schien bereits herein durch die Ritzen des zur Hälfte geschlossenen Rollos.

Bevor sie das Bett verlassen konnte, klingelte ihr Handy, das sie auf dem Nachttisch abgelegt hatte. Sie richtete sich auf und erkannte auf dem Display das Bild von Birgitta.

Ob ihr Erik schon von dem Besuch erzählt hatte?

Katharina meldete sich.

»Erik!«

Bereits an dem ersten Wort von Birgitta merkte Katharina, dass etwas nicht stimmte. Birgittas Stimme zitterte und es hörte sich an, als ob sie geweint hätte.

»Was ist los, was ist passiert?«

Es folgte ein lautes Schluchzen.

»Was ist mit Erik?« Die Unruhe in Katharina wurde größer. Angst schlich sich ein.

»Erik ist ums Leben gekommen! Er hatte einen Unfall!«

»Nein«, rief Katharina in das Handy. Tränen flossen über ihr Gesicht und in diesem Moment war aller Streit und Ärger mit ihm vergessen.

Schließlich war Birgitta in der Lage zu erzählen, was passiert war.

»Erik war mit der Fähre von Kiel nach Göteborg gekommen. Auf der Fahrt nach Stockholm wollte er ein Auto überholen und übersah dabei den entgegenkommenden Wagen. Es kam zum Zusammenstoß. Er und der andere Fahrer hatten keine Chance. Erik war zu schnell gefahren.«

Die letzten Worte konnte Katharina kaum verstehen.

»Ist Berit in deiner Nähe? Kann sie sich um dich kümmern?«

»Ja«, konnte Birgitta noch sagen, dann brach sie das Gespräch ab.

Katharina war froh, dass Birgitta nicht allein war.

Ich muss Michael anrufen. Er kann Vater sagen, was passiert ist.

Außerdem wollte sie ihn bitten, zu ihr zu kommen. So sehr wie jetzt, hatte sie ihn noch nie gebraucht.

Michael hatte sofort zugesagt, ihren Vater zu informieren und ihn zu bitten, ihm für den Rest des Tages frei zu geben. Er wollte unbedingt bei ihr sein.

Allmählich hatte sich Katharina wieder beruhigt. Sie konnte noch gar nicht überblicken, was der Tod von Erik für sie und ihr Kind bedeutete. Eines wurde ihr jedoch klar. Der Streit mit ihr hatte Erik wütend gemacht. Und sie erinnerte sich daran, wie sie gehört hatte, dass er mit quietschenden Reifen weggefahren war.

Dann klingelte es. Katharina rannte zur Tür, öffnete und fiel direkt in die Arme von Michael. Sie zog ihn hinüber in die Wohnstube, wo sie wieder dicht umschlugen zusammenstanden. Michael sagte nichts, hielt sie in den Armen und Katharina ließ ihren Tränen und dem Zittern ihres Körpers freien Lauf. Geduldig wartete er darauf, dass sie sich wieder beruhigte. Kurz erzählte sie ihm, was passiert war.

»Er hatte sich in diesem Moment nicht unter Kontrolle«, versuchte Michael ihr klarzumachen. »Das darf einem Mann, der so viel Verantwortung für andere Menschen hat, nicht passieren.«

Inzwischen saßen sie auf der Couch und Michael versuchte, ihre feuchten Augen zu trocknen. Und während er dies mit viel Vorsicht und Zärtlichkeit tat, klingelte es.

»Lass es klingeln«, bat sie Michael. »Ich möchte jetzt niemanden mehr sehen.«

»Vielleicht ist es dein Vater?«

»Dann sieh du bitte nach.«

Während Michael zur Haustür ging, klingelte es ein zweites Mal. Er öffnete und der Postbote fragte nach Katharina.

»Die kann im Augenblick nicht. Wenn sie Post für Sie haben, ich bin ihr Freund.«

Michael merkte verwundert, wie leicht ihm das Wort *Freund* über die Lippen kam.

Der Postbote händigte ihm die Briefe und einen Katalog aus. Michael bedankte sich und schloss die Tür. Als er zurückkam, hatte sich Katharina hingelegt.

Er ging zu ihr hin und streichelte ihre Wange.

»Es war der Postbote. Hier sind einige Briefe für dich und ein Katalog.«

»Leg sie auf den Tisch«

Michael schaute über die einzelnen Absender.

»Ein Umschlag ist von der Uni Göttingen.«

Katharina schreckte auf. War das die lang ersehnte Zusage? Ausgerechnet in dem Augenblick, in dem sie eine traurige Mitteilung erhalten hatte?

Nicht noch eine schlechte Nachricht.

»Mach bitte auf. Ich schaffe das jetzt nicht. Der Brieföffner liegt auf dem Schrank.«

Michael nahm den Brieföffner und schlitzte den Umschlag auf. Er begann, den Inhalt in aller Ruhe herauszuziehen.

»Bin ich angenommen«, fragte ihn Katharina ungeduldig und setzte sich auf.

ENDE

Liebe Leserin, lieber Leser,

vielen Dank, dass sie mein Buch gelesen haben.

Ich hoffe, es hat Ihnen gefallen.

Dann werden Sie bestimmt gespannt sein, wie es mit Katharina und ihrem Traum weitergeht.

Schicken Sie mir eine E-Mail mit Ihrem Namen, wenn Sie wissen wollen, wann Band 2 erscheint, an:

hjwieder@web.de

Ich freue mich auf Ihre Zuschrift

Ihr

Achim Wiederrecht

Der Autor

Achim Wiederrecht,
* 1949 in Kassel, war 45 Jahre im Justizdienst. 1996 begann er mit dem Schreiben. Seit dem 01.01.2019 ist er als Selfpublisher tätig. Nach einem Kurzgeschichten- und Lyrikband ist Katharina – Blaugelbe Träume der zweite Teil einer Trilogie.

Er lebt mit seiner Frau in Fuldabrück (Nordhessen).

Band I: Katharina – Wir haben doch uns.

Eine Geschichte über Veränderungen.

Alles in ihrem Leben war sicher, alles war gut. Bis Katharinas beste Freundin tot aufgefunden wurde.

Statt in die Fußstapfen ihres Vaters zu treten und seine Firma zu übernehmen, hat sie von nun an nur einen Gedanken: Sie will endlich ein anderes Leben.

Nach einem Überfall, der sie in große Gefahr bringt, und einer Geschichte aus der Vergangenheit ihres Vaters, ist nur noch eine Frage wichtig:
Wird sie ihren Traum verwirklichen können?

Achim Wiederrecht

Katharina
Wir haben doch uns